ジャコバン派の独裁

小説フランス革命14

佐藤賢一

集英社文庫

ジャコバン派の独裁　小説フランス革命14

目次

地図・関連年表デザイン／今井秀之

【前巻まで】

1789年。飢えに苦しむフランスで、財政再建のため国王ルイ十六世が全国三部会を召集。聖職代表の第一身分、貴族代表の第二身分、平民代表の第三身分の議員がヴェルサイユに集うが、議会は空転。ミラボーやロベスピエールら第三身分が憲法制定国民議会を立ち上げると国王政府は軍隊で威圧、平民大臣ネッケルを罷免する。激怒したパリの民衆がデムーランの演説で蜂起、バスティーユ要塞を落とす。王は革命と和解、議会で人権宣言も採択されるが、庶民の生活苦は変わらず、パリの女たちが国王一家をヴェルサイユ宮殿からパリへと連れ去ってしまう。

議会もパリへ移り、タレイランの発案で教会改革が始まるが、難航。王権擁護派のミラボーが病死し、ルイ十六世は家族とともに亡命を企てるも、失敗。王家の処遇をめぐりフイヤン派が対抗勢力を弾圧、流血の惨事に。憲法が制定され立法議会が開幕する一方、革命に圧力をかける諸外国との戦争も叫ばれる。

1792年、王とジロンド派が結び開戦するが、緒戦に敗退。民衆は王の廃位を求めて蜂起、新たに国民公会が開幕し、ルイ十六世は死刑に処される。共和国となったフランスだが、諸外国との戦況は暗転、内乱も勃発し——。

革命期のフランス

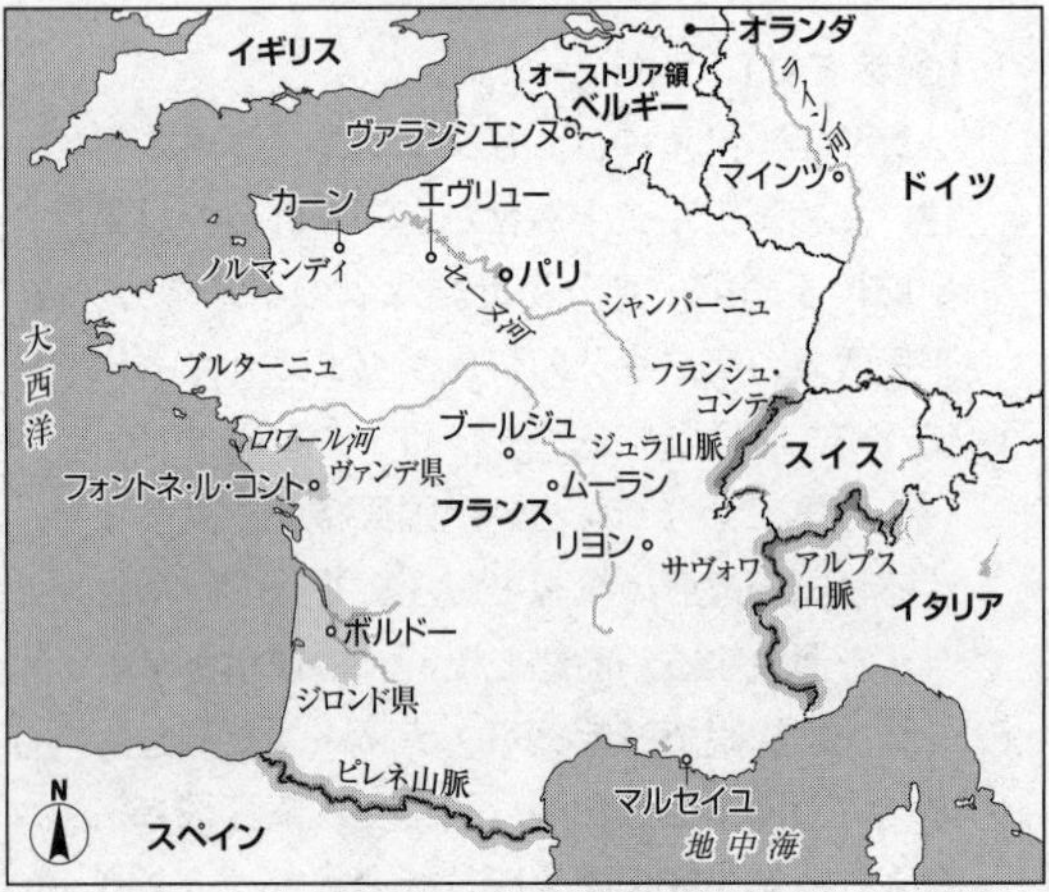

革命期のパリ市街図

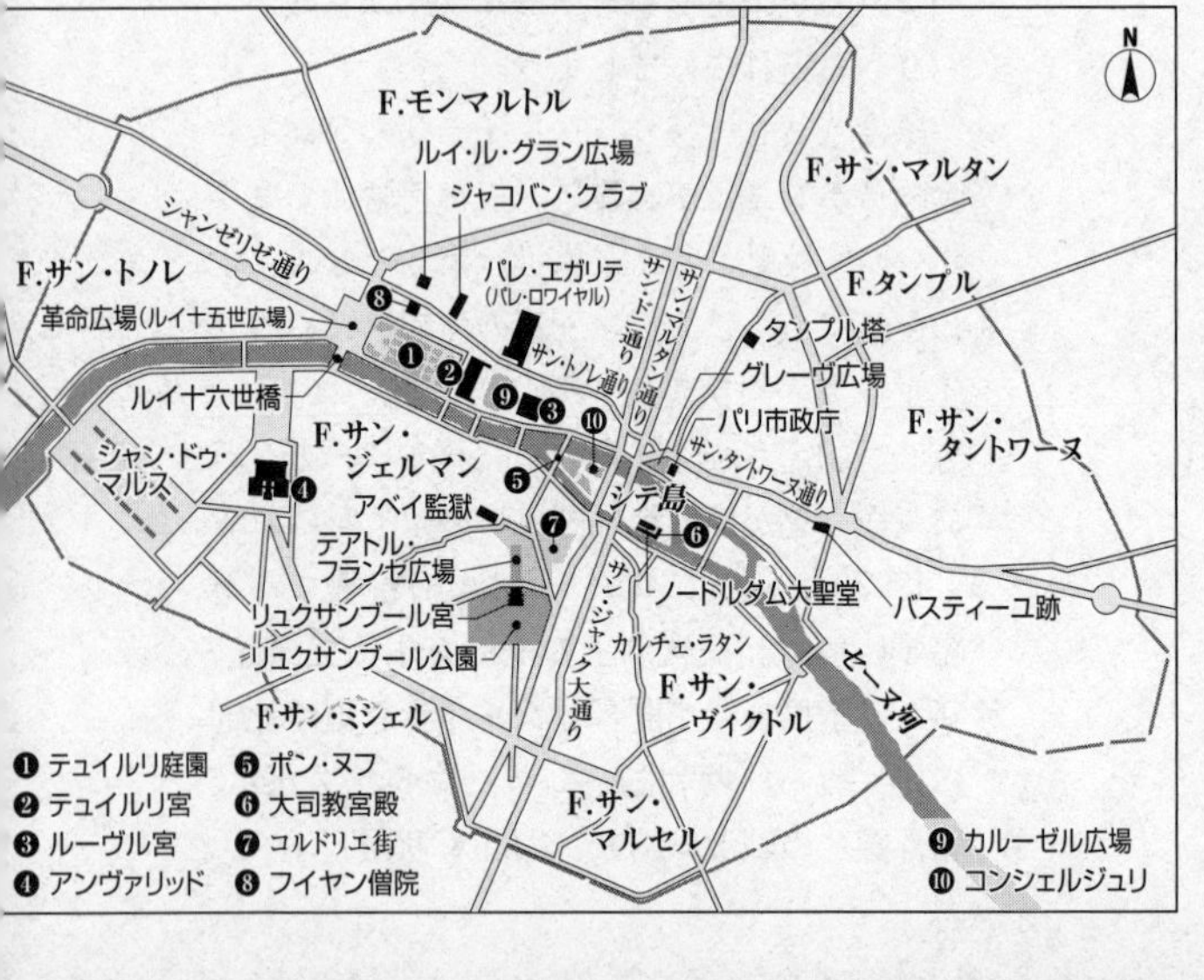

＊主要登場人物＊

ロベスピエール　ジャコバン・クラブ代表。国民公会議員
エベール　新聞発行人。パリ市の第二助役
デムーラン　新聞発行人。国民公会議員
ダントン　国民公会議員。元法務大臣
マラ　新聞発行人。国民公会議員
サン・ジュスト　国民公会議員。ロベスピエールの支持者
ロラン　元内務大臣
ロラン夫人　ロランの妻。サロンを営む
ヴェルニョー　国民公会議員。ジロンド派の論客
バレール　中道平原派の国民公会議員
ショーメット　パリ市の第一助役
ヴァルレ　激昂派
ジャック・ルー　激昂派
ルクレール　激昂派
アンリオ　国民衛兵隊司令官

Canonniers à vos pièces!

「砲兵、位置につけ」
(1793年6月2日
国民衛兵隊司令官アンリオが議員を恫喝した言葉)

ジャコバン派の独裁

小説フランス革命14

1——夜の仕事

「金持ちから取るしかない」

といったのは、ロベスピエールである。本当だね、くそったれ《フートル》。貧民のための食糧徴発隊、人呼んで「革命軍」の人員に払う給料は、金持ちに税をかけて賄《まかな》うしかないなんて、まったく、清廉の士《アンコリュプティブル》はいいこといったね。いや、じっさい、童貞にしとくのは、もったいねえ。まあ、それでもベアトリス姉《ねえ》を押しつけるなんて薄情はしないがね。ぶつぶつ、ぶつぶつやりながら、その一七九三年五月二十四日の夜も、エベールは蠟燭《ろうそく》ひとつの卓上で羽根ペンを構えていた。

それが『デュシェーヌ親爺《おやじ》』の原稿を仕上げる、数年来の習慣だった。いや、サン・キュロット（半ズボンなし）の貧乏は昔からで、今に始まったものじゃないっていってもよ。昨今の物不足に、物価高は、いくらなんでもひどすぎるんじゃねえか、くそったれ。植民地で反乱が起きたとか、本国でも凶作だとか、いろいろ言い訳しやがるが、実際は金持ち連中の買い占めなんだって、みんなわかってることじゃねえか、くそったれ。徴発隊の賄いを被《かぶ》せるくらいのことやらねえと、あの欲深どもはやめようとしないって、そんなの当たり前の理屈じゃねえか、くそったれ。

「それを、経済はあくまで自由でいくべきだなんて、けっ、全体なにやりてえんだ、議会はよ」

問うまでもなかった。なにもしたくない。なにも変えるつもりがない。ロベスピエールがなにを、どう叫んだところで、革命が定めた新しい単位にいう一センチ、つまりは一ピエの三十分の一ほども動かない。てえか、未《いま》だジロンド派の思うがままじゃねえか。ジロンド派に媚《こび》を売るような真似《まね》までして、十二人委員会なんて、ふざけた組織を立ち上げたじゃねえか。ジロンド派もジロンド派で、調子に乗って十二人の席全部を占めたじゃねえか。

「で、さっそく喧嘩《けんか》ふっかけてきやがった」

十八日の議会で設立が可決され、二十一日に正式に発足した十二人委員会は、第一にパリの掣肘《せいちゅう》を目的とする組織である。

パリの各街区《セクシオン》集会に帳簿の提出を命じたのが、その最初の仕事だった。草の根の民衆運動を潰《つぶ》すことに、どうやら狙《ねら》いを定めたようだった。押収した書類を証拠に過激な革命推進派を割り出して、来《きた》るべき裁判の役に立てようというわけだ。ならば数日から一週間かかるかと思っていればこそ、それは青天の霹靂《へきれき》だった。

やはりといおうか、またしてもといおうか、今日二十四日には逮捕者が出た。十二人委員会が身柄の拘束を命じたのは、ジロンド派二十二人の死刑を求めたとされるパリ市の職員マリノ、それと札つきの問題児である激昂《アンラジェ》派のヴァルレだった。

――マラじゃねえ。

ロベスピエールでも、クートンでも、サン・ジュストでもなく、言い方は悪いかもしれないが、逮捕されたのは小物ばかりだった。一党を率いるわけでも、大勢の支持者を従えるわけでもなく、そのためか、いきなりの逮捕劇だったにもかかわらず、パリは割と冷静に受け止めた。

――とはいえ、いずれは、またマラを告発するつもりかもしれねえ。

エベールは羽根ペンを放り出した。そのまま股引《ももひき》に手を入れて、ボリボリ股座《またぐら》をかきながら、堪《こら》えなければならないのは笑いだった。へへ、ひひ、あの革命裁判所は傑作だったな、くそったれ。ジロンド派の面目丸つぶれで、痛快でさえあったじゃねえか、くそったれ。十二人委員会を立ち上げてまで、またぞろマラの株を上げて、あいつら、全体なにが楽しいっていうのかね。

「同じことばっか繰り返して、ほんと、あいつらも、飽きないね」

いいや、とエベールは思い返した。いいや、飽きないことはある。実際ボリボリかいているうち、ムクムクと起き上がる奴《やつ》がいる。

「でもって、窪《くぼ》んだところも、お待ちかね、なんてな」

くく、くくくと笑いを噛《か》み殺しながら、エベールは机を離れた。いや、離れるというほどの距離もなく、座したままでも手が届くような場所の寝台に、すうすう寝息を立てている女がいる。デュシェーヌ親爺の秘密の夜のお楽しみ、なんてな。いや、それにしても、なんだって、こんな愉快な気持ちになるかな、くそったれ。

「くく、くくく、なんのことはねえ、てめえの女房だってんだぜ、くそったれ」

エベールにも妻がいる。それ自体は珍しくもなんともないが、ただ、それは一七九二年二月七日の話だった。つまりは、結婚して、まだ一年ちょっとしかたっていない。

「なにを隠そう、デュシェーヌ親爺は、嬉《うれ》し恥ずかし新婚なんだな、くそったれ」

もらった女は、名前をマリー・マルグリット・フランソワーズ・グーピルといった。

結婚する前はコンセプシヨン会の修道女だった。国有財産の上がりで無駄飯を食わせておくわけにはいかないという、例の教会改革の煽《あお》りで、暮らしなれた僧院を出ざるをえなくなった手合いだ。

子供の頃《ころ》から神に祈ることと、ちょっとした手仕事しか知らずに来たからには、外の世界で暮らしていけるわけがない。どこぞの女房に納まるしかないとなるが、それもマリー・マルグリット・フランソワーズの場合は思うに任せなかった。元が小《プチ》ブルジョワという、きちんとした家庭の娘だったが、戻された実家が子沢山だったのだ。そもそも持たせる持参金がないということで、修道の誓願を立てたというか、立てさせられていたのだ。

「んでもって、登場したのが俺《おれ》っち、ジャック・ルネ・エベールというわけだ」

人呼んで「若禿《わかは》げの騎士」なんちゃってね。自虐の冗談口はさておき、マリー・マルグリット・フランソワーズにすれば真実ありがたかったらしい。財産らしい財産もないサン・キュロットの気軽な感覚で、こちらは持参金の話など思いつきもしなかったからだ。結婚してから女房本人に事情を聞かされ、それなら暴落したアッシニャなりともせしめておくんだったと、遅れて歯噛みしたほどなのだ。

いや、サン・キュロットなどには嫁にやれないと、グーピルの実家が難色を示すわけでもなかった。『デュシェーヌ親爺』が売れ始めた頃でもあり、ちょっとした実業家で、しかも自在に文章を綴《つづ》る知識人であると、あたっているような、あたっていないような解釈で、とにかくジャック・ルネ・エベールという男は悪くないと結論したようだった。

もちろん、薄くなり始めた髪の毛のことなど、問題にもしない。

エベールのほうはといえば、たまたま紹介してくれる人があったので、それならばと割に気軽に嫁にもらったまでだった。売春宿に通うのも面倒になってきたし、偏屈な独身主義でもないことだしという程度で、熱烈な大恋愛の末というわけではない。引き合わされたとたんの一目惚《ひとめぼ》れ、というような話でもない。

実際、マリー・マルグリット・フランソワーズは美人というほどではなかった。不細工でもないのだが、おおと男の目を惹《ひ》くような華はない。それでも若くて、ピチピチしているという話でもなく、死ぬまで僧院にいるつもりだっただけに、エベールが紹介されたときで三十路《みそじ》まで指何本かという、もう行き遅れギリギリの年増《としま》だった。

ならば中身で勝負という、才気煥発《さいきかんぱつ》な手合いかといえば、そんなに頭が回るほうでもない。長く修道院にいただけに、一応の学問はあるのだが、それがどう活《い》かされるでもない。

修道院というなら、お決まりの無言の修練ばかりは癖になっていて、魅力的な話術に長《た》けるどころか、普段はほとんど無口という、はっきりいえば陰気な質《たち》の女なのだ。ハチャメチャな舌鋒《ぜっぽう》で知られた「デュシェーヌ親爺」の女房殿、噂《うわさ》の「ジャクリーヌ小母《おば》さん」はどんなかと覗《のぞ》かれて、こんな詰まらない女だったのかと、恐らくは大方の読者をがっかりさせてしまうくらいに地味なのだ。

「ほっとけや、くそったれ」

読者のために所帯を持つわけじゃねえ。土台が女房なんて、ひとにみせるためのものじゃねえ。自慢の美人妻だなんて、カミーユみたいにみせびらかして歩いていたら、それこそ手こきの種に使われてしまうだけだ。俺っちは御免だねと、今でこそエベールは達観にいたっているが、結婚した時点でそこまでの熟慮があったわけではなかった。まあ、修道女だったたってんなら処女だろうと、俺っちも古い男だから、そこは悪く思うわけじゃないぜと、実際それくらいの考えにすぎなかったのだ。

もらってみれば、どういうわけだか処女ではなかった。まあ、俺っちなんかの人生には、もともと無縁な話だったんだなと、エベールはそこで憤慨するわけでもなかった。もちろん、離婚するつもりもない。もともと執着が薄かったからでなく、それどころか、もうぞっこんだからである。ああ、マリー・マルグリット・フランソワーズのことは、他のどんな男にも渡したかないぜ、くそったれ。

「で、俺っちエベール、そこまで一体どこに惚れたかっていうと……」

燭台《しよくだい》を翳《かざ》しながら、エベールは寝ている女房の身体《からだ》から、そっと掛け布をめくりあげた。くく、くく、これだよ、これ。くく、くく、まさしく、これなんだよ。

2——秘密

サン・キュロットらしく、今夜も律儀に夫婦働きをこなしたので、当然マリー・マルグリット・フランソワーズは裸である。ここだけの話ということで、女の身体《からだ》を云々《うんぬん》させてもらうなら、はっきりいって、これまた貧相なものだった。修道院に食い物がなかったとは考えられないので、痩《や》せは生来の質ということだ。

実際、どこもかしこも、ひょろりと細長いような女だ。脚だって、ほっそりしている。すらりと長いという言い方もできる。おいおい、どこまで続くんだ、俺《おれ》っちの脚より長いんじゃないかと目で追いかけていった先の尻が、あにはからんや、デカいのだ。

いや、尻デカ女なんか、ざらにいる。デカくない女を探すほうが大変なくらいで、大抵の場合はデンとして、ふてぶてしいくらいである。だからこそそのマリー・マルグリット・フランソワーズで、すらりとした太腿《ふともも》から盛り上がっていく曲線が、なんというか、絶妙に美しいのだ。柄にもなく、気取った言い方をするならば、これも神のなしたもうた奇蹟《きせき》のひとつではないかと嘆息するほど、いや、まったく完璧《かんぺき》なのだ。

　こうして燭台《しょくだい》を照らしながらに覗《のぞ》くと、その完璧な美が影の濃淡でよくわかる。きゅっと切れ上がる手前が黒く沈んで、なのに、ふっくら盛り上がるところは橙色《だいだいいろ》にくすむことすらない。ふたつながらの頬《ほ》っぺたが、もう純白というくらいに輝く。それがひとつになったかと思うや、ぎゅっと絞ったような感じでくびれながら、再び陰影を帯びていく。

「いや、まさしく芸術品。不肖ジャック・ルネ・エベール、三十五歳、これまで拝んだなかで、これぞ最高の尻なれば……」

　なんてな。うひひ、うひひ、男のなかの男エベール、已の人生を女の尻ひとつにかける、なんてな。自分が吐いた冗談口に自分で笑いを嚙《か》みしめるほど、下腹の興奮は収まらなくなる。いや、美しい。完璧に美しいけど、これが素敵に臭くって、きちんとそそってくるんだな、くそったれ。

「真面目《まじめ》な話、俺っち、やっぱ、みたい質《たち》だな。そら真っ暗でも、それなりにまさぐって、それなりの仕事は果たすが、明るいところで、じっくり眺めてからのほうが、うひひ、だんぜん興奮するな」

　というわけで、エベールは自分まで尻を出した。というか、股引《ももひき》を膝《ひざ》まで下ろしたのだが、もちろん前は弾んで出るかの勢いだった。おっとっと、俺っちの僕ちゃん、早く宥《なだ》めてやらねえと。いや、俺っちは俺っちで、大したもんだな、くそったれ。三十五歳が二回目にして、この暴れ方なんだからな、くそったれ。

「さて、起こすか。それとも女房を寝かしたまま、うひひ、ひひ、こっそりオイタを楽しむか」

そこまで考えて、エベールは少し萎《な》えた。いずれにせよ、始めれば女房は目を覚ます。なにやってんの、この禿《は》げ、ど助平と怒鳴られるなら、それはいい。なにみてんのよと恥ずかしがられるなら、なおのことそそられるばかりだ。ところが、なのだ。

――この女は謝る。

すいません、あなた、と必ず謝る。やはり陰気な女だ。やはり修道院にいた女なのだ。どういうわけだか知らないが、一番に謝る癖がついているのだ。

「いや、マリー・マルグリット・フランソワーズ、おまえが悪いってんじゃねえよ」

妻を責めるつもりなど毛頭ない。実際、エベールは思う。こいつが悪いわけじゃねえ。つらつら考えてみるに、悪いのは宗教って代物《しろもの》のほうだ。どうもキリスト教ってえのは、やたら服従することだけを、徹底的に教えこむようじゃねえか。あげくが人間を臭くなくする、つまりは人間に本来ある生気を抜くのが本懐なんだと、そういうことのようじゃねえか。

「だって、これだけの尻なんだぜ」

どうだとみせつけられたが最後で、すいません、こちらこそ一生懸命に働かせていただきますって感じじゃねえか。ああ、おめえは最高の女なんだ。尻が最高ってことは、そういうことだ。だから、マリー・マルグリット・フランソワーズ、おめえ、もっと自分に自信をもてってんだよ。エベールは心から思うのだが、それでも女房は謝るのだ。なにも悪くなくとも謝る。とにかく謝る。ときに、なにかを畏《おそ》れているようでもある。

「しかし、俺っちエベール、神さまなんかじゃねえぞ」

すやすや寝ている女房に、いきなり尻から襲いかかって、犬みてえに後背位《こうはいい》で犯したいって下種《げす》の類《たぐい》だぜ。それなのに謝られたりしたら、三回目は口でイカせてくれなんて、とてもいえなくなるじゃねえか。下手糞《へたくそ》だなんて髪をつかんで、無理にも前後に動かしたりなんかした日には、いよいよもって本当の人でなしみてえじゃねえか。あれやこれや思うほどに、エベールはしゅんとなってしまう。おっとっと、柄でもねえ。その報いで僕ちゃんまで萎えちまった。いくら禿げの三十五歳でも、このしょぼくれ方は情けねえ。あちこちいじって、ちょっとは見栄《みえ》を張らないじゃあ、いくら自分の女房でもみせられねえ。

「というわけで、また尻を眺めるか」

エベールが燭台を掲げなおしたときだった。がんと大きく音が響いた。

がん、がん、がんと連続して、なかの空気まで震わせたのは、外から拳《こぶし》で扉を叩《たた》く音だった。誰か訪ねてきたのだと合点すれば、今度は腹が立ってきた。

思わず首を竦《すく》めてしまった。こんな夜更けに、いきなりの話であり、さすがのエベールも肝《きも》を潰《つぶ》した。

無作法のせいで、寝ていた女房も起きた。掛け布をめくりあげ、こっそり覗いていた最中であるからには、気まずさにも襲われざるをえない。膝まで股引を下ろしながら、驚きのあまり再び萎縮《いしゅく》していれば、その意味でもマリー・マルグリット・フランソワーズには面目ない。

「ああ、あなた、すいませ……」

「謝るな」

いいから、謝るな。いいながら、エベールは寝台の掛け布を元に戻した。それから股引を引き上げて、ようやく前を隠す間も、ムカムカ、ムカムカ、腹立ちは増すばかりだった。ああ、マリー・マルグリット・フランソワーズ、おめえは悪くねえ。ひとつも悪いことなんかねえ。いや、俺っちだって、悪いことなんかあるもんかい。ったく、尋常なサン・キュロットなら、もう寝てる時間だぜ。ったく、明日も朝一番から仕事なんだぜ。

「ったく、ふざけた真似《まね》しやがるのは、誰だ」

エベールは戸口に誰何《すいか》の声を投げた。が、扉の向こうは質問に質問で返す無礼まで働いた。

「ジャック・ルネ・エベールだな」

「うるせえ。だから、まずは、てめえのほうで名乗れってんだよ、くそったれ」

「いいから、答えろ。ジャック・ルネ・エベールだな」

「いいや、俺っちはジャック・ピエール・ブリソだよ」

「ふざけるな」

「ふざけてるのは、てめえのほうだろ、くそったれ」

「とにかく、ここを開けろ」

「誰が開けるか。なにを隠そう、俺っち、お楽しみの最中だってんだ」

「…………」

「だから、てめえらも家に帰って、さっさと楽しめ。ひとりもんなら、アッシニャ握って、売春宿に走れ。そんな金もないってんなら、花屋の娘でも思い浮かべて、さっさと自分で手こきしてよ、とにかく一発すっきりして、さっさと寝ちまえってんだ、くそったれ」

　今度は言葉が返らなかった。かわりに小声でやりとりする気配があった。戸口の向こう側には数人が詰めているようだった。そう思えば、ガチャンガチャンと金物が鳴るような、なにやら物々しい気配もあった。じっさい、なんなんだよと思う間にも、あちらでは意見がまとまったようだった。

「ジャック・ルネ・エベール、または通称デュシェーヌ親爺《おやじ》、おまえに逮捕状が出ている」

「なんだと」

「だから、逮捕状だ。おとなしく出頭することを勧める」

「馬鹿か、てめえ。俺っち、こうみえて、パリ市の第二助役だぜ。パリ自治委員会《コミューン》が逮捕しなくて、この都で誰が強権発動できるっていうんだい」

「十二人委員会だ」

「へっ？」

「国民公会《コンヴァンシオン》特設十二人委員会の名前で、おまえに逮捕状が出ているのだ」

「はん、意味わからねえ」

エベールは本心だった。意味がわからない。十二人委員会が自分を逮捕するなんて、その意味がわからない。というのも、十二人委員会といえば、ジロンド派が牛耳《ぎゅうじ》る機関だ。確かにパリを目の敵《かたき》にしているが、躍起《やっき》になって潰しているのは街区の活動のはずだ。逮捕したのも、マリノやヴァルレといった小物だけだ。いよいよ大物に手をつけるとなれば、そのときはマラになるだろう。

――いずれにせよ、俺っちなんかに用はねえはず……。

扉が弾《はじ》けた。ジャック・ルネ・エベール、おまえを逮捕する。押し入ってきたのが、軍服でなく、法服でなく、暗色の平服がいかにもというような秘密警察の類だった。

ガシャン、ガシャンと音が鳴る。なにが落ちたかしれないが、物が飛んでいるのもわかる。が、みえるのはグングンと大きくなって、みるみる視界いっぱいを占領していく、強面《こわもて》の大きな男たちばかりである。しかし、てめえら、こんな横暴が許されると思ってんのか。てめえらに殴られる程度のことで、俺っちエベールが折れるとでも思ってんのか。

「いや、悪かった」

エベールは早々に謝った。女の悲鳴が聞こえたからだった。だから、勘弁してくれや。俺っちは逮捕されてもいいから、そのかわりだ。

「みるな、みるな。女房の尻だけはみるな」

エベールは叫んだ。てえのも、俺のものなんだ。この女は俺のものなんだ。いや、おっぱいならみせてやる。そんな淋《さび》しいものでいいなら、いくらでもみせてやる。けど、後生《ごしょう》だから、尻だけはみないでくれ。秘密の宝物なんだ。この尻なしじゃ、生きてくことができないんだ。いや、この尻を勝手に想像されて、おまえらに手こきされると思うだけで、俺っち、もう堪えられねえんだ。

「カミーユみたいには、ひとができていねえんだよ」

ありったけの声を張り上げ、もうエベールは必死だった。

3――俺っちの逮捕

エベールは逮捕された。「『デュシェーヌ親爺《おやじ》』の紙面を通じて、食料品店とパン屋の略奪を組織した」というのが、十二人委員会の告発内容だった。

「法律に基づかない恣意的《しいてき》な逮捕は、善良な市民にすれば、かえって名誉の冠である」

そうした嫌みで翌二十五日早々、パリ自治委員会は国民公会《コンヴァンシオン》に抗議の意を伝えた。

「だからって、エベール、おまえ、なにニヤニヤしてるんだよ」

溜《た》め息《いき》ながらに質《ただ》したのは、パリ市の第一助役ショーメットだった。牢屋《ろうや》なんだぞ。それも絨毯《じゅうたん》なんか敷かれた貴族さまの特別室というわけじゃなくて、冷たい石床にバラバラと麦藁《むぎわら》が敷かれているだけの粗末な房なんだぞ。

「パリ市の第二助役ともあろう男が、こんなところに押しこめられて……」

「まあ、元が修道院なんだから、人が暮らして暮らせない場所じゃねえ」

と、エベールは答えた。確かに逮捕されたし、収監されたアベイ監獄の牢屋も、快適というわけではなかった。物不足のおりであれば、満足に食事も出ない。それでも監獄の習いというか、面会すら許されないわけではなかった。

制限が設けられたわけでもない。現にコルドリエ街の仲間たちは、二十五日、二十六日と欠かさず訪ねてくれていた。女房に託《たく》されて、食事も運び入れてくれる。今このときにせよ、ショーメット、それにモモロ、ヴァンサンと、三人も顔を揃《そろ》えているのだ。

鉄格子を間に挟みながらではありながら、会話も自由だ。

「にしても、やっぱり逮捕は逮捕で、投獄は投獄なんだ。笑う理由なんかないはずだろう」

と、ショーメットは続けた。頰《ほお》の弛《ゆる》みが少しひどいと、それくらいの自覚はエベールのほうにもないではない。が、さすがに仕方ないだろうと、自分に許す気持ちもあったのだ。

「だって、ショーメットよお、なんてえか、ちょっと嬉《うれ》しいじゃねえか」

「なにが嬉しいというんだ」

「逮捕されたんだぜ。告発されたんだぜ。この俺《おれ》っち、エベールが」

「それの、どこが喜ばしいんだ」

「なんだかマラみたいじゃねえか」

「………」

しばしの絶句のあとで、ショーメットは吐き捨てた。まったく、呆《あき》れた奴《やつ》だな、本当に。こんなところまでマラと同じになることに、なんの意味があるというんだ。

ところが、このパリ市の第一助役のように、誰もが渋面になっているわけではない。

「いや、エベール兄《にい》よ、実際、マラみたいなことになってるぜ」

ツンとした鼻を突き出し、興奮ぎみの勢いで飛びこんだのが、弟分のヴァンサンだった。だって、二十五日の朝は単なる抗議に留《とど》まらなかったんだ。パリ自治委員会は、ジャック・ルネ・エベールの釈放を要求したんだ。

「それも正式な声明として、だぜ」

「けど、そいつはイスナールの野郎に、けんもほろろに蹴《け》られちまったんだろ」

そう受けたエベールは、あれからの経緯も聞かされていた。パリ自治委員会の代表は、確かに国民公会で発言した。が、国民公会のほうは外野の干渉を極端に嫌うようになっていた。

傍聴の制限をはじめ、議員ならざる人間の立ち入りからして歓迎せず、あまつさえ物申す素ぶりでもあろうものなら、議会に対する侮辱だとして、いきなり激怒の体《てい》になる。まあ、イスナールってえよりジロンド派の話なわけだが、ジロンド派のなかでもイスナールの野郎は、つける薬もねえ短気者だからな、くそったれ。

「まあ、あんな考えたらずの怒りんぼを、よりによって国民公会の議長に立てたってんだから、ジロンド派にしても、やっぱり救いがねえや、くそったれ」

事実、議長イスナールの態度が物議を醸《かも》していた。パリ自治委員会の要求は業腹《ごうはら》であるとして、それを受けつけなかったのみならず、余計な暴言まで吐いてしまったのだ。

そのとき、イスナールは凄《すご》むような口調ですらあったという。ああ、これから真理を教えてやるから、よく聞け。フランスは国民の代表たちをパリに委託したのだ。パリはこれを尊重しなければならない。にもかかわらず、国民公会が品位を傷つけられるようなことがあれば、あるいは三月十日のヴァンデ以降繰り返されてきたような、司法さえ無力であるがため向後《こうご》も起こされかねないような、あの蜂起《ほうき》という不埒《ふらち》な行動で国民の代表たちが攻撃される事態が起これば、私はフランス全土の名において、宣言しなければならない。

「今度こそパリを廃墟《はいきょ》と化してやると。おまえたちはセーヌ河の両岸に立ち尽くし、パリとは全体どこだったのかと探すことになるだろうと」

あからさまな威嚇《いかく》だった。慌てたのが、ダントンだった。

「選ぶべきは何だ。ふたつの極端のどちらかを選ばないといけねえなら、奴隷の身に逆戻りするよりは、自由の側に転ぶほうがマシだ。そりゃ、そうだ。熱い輩《やから》もいなくって、人民からして大人しかったりしたら、革命なんか起きなかっただろうしな。これからだってパリは未来永劫《みらいえいごう》、国民の代表の守り手たるに値すると思ってるぜ」

そうやって、パリの態度を弁護し、また立場を持ち上げつつも、国民公会の融和を訴えたのだ。八方丸く収めようとしたわけだが、満場の拍手を得られたのは、事なかれ主義の議場のなかだけだった。

パリ中が騒然となった。テュイルリ宮の議場から洩《も》れると、イスナール発言は遅くとも十五分後には、東部サン・タントワーヌ街まで届いていた。

廃墟云々《うんぬん》は単なる脅《おど》しとは受け取られなかった。ジロンド派は地方の軍隊を召集していて、じきパリに進軍させると、さかんに噂《うわさ》も飛びかった。ならば、もう止まるわけがない。

「だから、まさにそこなんだよ」

落ち着きながら、なお力説が伝わるような口調は、アントワーヌ・フランソワ・モモロである。ラ・アルプ通りに店を構える三十七歳の印刷屋は、控え目な白髪に丸顔ながら鼻筋が通る紳士顔まで上品な感じだったが、これまた『デュシェーヌ親爺』を大量に刷り上げて、大いに儲けた口である。

今や勢いが止まらない口でもある。ああ、国民公会の議長として、イスナールはパリ自治委員会の声など一蹴《いっしゅう》してしまった。それで一蹴できると考えたのが、ジロンド派の間違いだったというわけさ。

「パリは一気に動き出した。それも今度はジロンド派が潰《つぶ》そうとした草の根の運動だよ。

今日二十六日の朝にはパリの複数街区《セクシオン》、正確には全部で十六の街区が、あらためて国民公会にエベール釈放を要求した。まさしくマラが逮捕されたときと同じだ。『デュシェーヌ親爺を救え』なんて叫びながら、民衆は自分たちで勝手に動き出したんだ。なあ、エベール、あんたを取り戻そうとしてるんだ」

「いや、俺っちなんか……。いや、そうかい、なんだか照れるな、くそったれ」

「照れるこたねえぜ、エベール兄」

ヴァンサンが再び前に出た。いや、こんなところにいるから、わからねえかもしれねえが、パリは本当に凄い盛り上がり方なんだ。もしかしたら、マラを超えたかもしれねえ。

「少なくとも、マラよりモテてるぜ。そこんところ、エベール兄は禿《は》げで、助平ということで、有名だからな」

「禿げは関係ねえだろ。あえて助平は否定しねえが、それでも俺っちは愛妻家だ」

「だとしたら、がっかりするかもしれないね。女たちが立ち上がったのは事実だからね。今日なんか共和主義女性市民の会まで繰り出して、エベールを釈放しろ、エベールを釈放しろって、デモ行進だったんだよ」

「ああ、おいらも、そのことをいいたかったんだ。ああ、モモロさんのいう通りさ。女たちは勇ましくも槍《やり》なんか担《かつ》いでよ、どんどこ、どんどこ、太鼓まで叩《たた》きながらよ、パリ中を練り歩いたんだ。共和主義女性市民の会って、ほら、エベール兄も知ってんだろ。クレール・ラコンブが議長を務めてる政治クラブさ。女優あがりでよ。さすがの美人でよ」

「しかも、おっぱいがデカい」

「そうそう、そのクレール・ラコンブだ。ああいう女には、むしろ跨《また》がられてみてえ。腹のうえに乗られてみてえ。なんて、エベール兄も騒いだことがあったじゃねえか」

「確かに」

がさと敷き藁を騒がせながら、エベールは牢屋のなかで立ち上がった。バチバチ手まで叩きながら始めれば、我ながら声が甲高くなっていた。ああ、クレール・ラコンブ、確かに騒いだ。想像して、手こきしたこともある。少なくとも五回は世話になってるぜ、くそったれ。ポリーヌ・レオンなんて仲間もいたろ。クレールほど美人じゃねえが、なんだか愛嬌《あいきょう》のある。なにを隠そう、あの女でも手こきした。こっちは三回で、あえて詳しい説明は割愛するが、ちょっと難しい体位なんか想像してよ。

「いずれにせよ、だ。なんだよ、はねっかえり娘ども、意外と可愛《かわい》いところあるじゃねえかよ、くそったれ。よしよし、このまま首尾よく釈放されたら、俺っちエベール、おっぱいモミモミしてやるからな」

「おまえ、愛妻家なんじゃなかったのか」

はああと溜め息で引き取るのは、やはりのショーメットである。奥さん、本気で心配してたぞ。心労のあまり、また痩《や》せられたんじゃないだろうか。

「なにが痩せた、だ。ありゃあ、生まれつきの質《たち》なんだよ。それに、あの女は……」

「なんだ」

「おっとっと、いっちまうところだった。ふう、危ねえ、危ねえ」

「なんの話かわからないが、とにかく、だ」

ショーメットは腰に手を当て、ほとんど説教口調だった。ああ、いいか、エベール。マラ気取りも結構だが、パリが収拾つかなくなったらどうする。おまえはパリ市の第二助役なんだぞ。おまえだってパリを治めていく役分なんだぞ。

「調子に乗るな、エベール」

ぴしゃりと打ちつけたのは、ショーメットではなかった。強引に割りこんできた声は、鉄格子の向こう側からでなく、すぐ近くの、こちら側からだった。ああ、なにが、おっぱいモミモミだ。クレールだって、ポリーヌだって、おまえみたいな汚い禿げなんか、端《はな》からお断りだろうさ。

「実際、共和主義女性市民の会は、俺たち司教宮殿派《エヴェシエ》に近いんだ」

打《ぶ》ち上げたのは顔から身体《からだ》つきから細長い、というより貧相な感じのする男で、名前をジャン・フランソワ・ヴァルレといった。

牢屋に収監されているのは、エベールひとりではなかった。同じく十二人委員会の告発で、同じ日に逮捕されたヴァルレやマリノも、同じ房に一緒に収監されていた。というか、広いところに大勢が詰めこまれて、ゴチャゴチャ雑魚寝《ざこね》の状態なのである。特別料金で個室を求めれば別だが、でなければ会話も全て筒抜けになる。革命家、活動家の類《たぐい》であれば、たまたま居合わせたが最後で、たちまち口論になったりもする。それぞれを訪ねた仲間が加われば、さらに大騒ぎになることがある。

このときもヴァルレはひとりではなかった。少し離れたところで鉄格子を挟んでいるのは、なんのことはない、いうところの激昂派《アンラジエ》だった。

ヴァルレ自身は紆余曲折《うよきよくせつ》があり、コルドリエ・クラブで一緒だったこともある。シャン・ドゥ・マルスの事件のあとにも投獄されているが、そのときはモモロと一緒だった。が、そこから流れ流れて、今は激昂派のひとりなのだ。

その激昂派というのは、多分に嫌悪感《けんおかん》が籠《こ》められた第三者の命名で、当人たちは「司教宮殿派」を称するようになっていた。シテ島のノートルダム大聖堂の隣、教会が槍玉に挙げられるまで、歴代の司教、大司教が豪奢《ごうしや》な暮らしを楽しんでいたのが大司教宮殿で、司教座から格上げされずにきた歴史が長いことから、むしろパリジャンには「司教宮殿」の名前で知られる建物である。そこが閉鎖されるのを幸いに、連中は根城と勝手に決めながら、自分たちの集会を開くようになったのだ。

去年の秋くらいから、食糧委員会、中央監視委員会、蜂起委員会、公安中央議会と、様々に打ち上《ぶ》げてきた激昂派だが、司教宮殿を根城にすることで、最近は各街区の代表を招いて、それぞれの活動を集約しようとするような面もみられる。

共和主義女性市民の会などが合流しつつあるのも、この同じ運動だ。連中としては、もはや勝手に激昂《げっこう》しているわけではない、草の根運動の雄なのだという意味で、司教宮殿派を名乗りたがるのだ。

「というが、やるのは騒擾《そうじょう》だの、暴動だのと、無分別な荒仕事だけじゃねえか」

パリの大半には、未《いま》だ白眼視されているじゃねえか。エベール自身は好きでも嫌いでもないが、どこか間違っているとは思う。はん、切れまくりの屁理屈屋《へりくつや》どもが。頭でっかちの乱暴者どもが。

「いってくれるじゃねえか。だったら、ヴァルレ、てめえはモミモミしてんのかよ」

鉄格子の内側に向きなおると、エベールは叩き返した。えっ、どうなんだ。俺っちを虚仮《こけ》にするんだから、てめえはモテてるんだろうな、くそったれ。え、おい、どうなんだ。あの美人にチンコくらい、ペロペロなめてもらってんだろうな、くそったれ。

「ペロペロなめ……。ったく、あいかわらず下品な男だな」

「誤魔化《ごまか》すな、ヴァルレ。モテてるんなら、はっきりいえや、くそったれ。クレール・ラコンブの乳首が何色だったのか、今すぐ答えてみせやがれ、くそったれ」

「おまえ、本当に恥を知らない男なんだな」

「そうやって、また誤魔化すのか、くそったれ」

「誤魔化すもなにも……。俺がモテるなんて、いってないだろう。ただエベール、おまえなんか相手にされないといっただけだ。実際、モテているのは別な男だ」

「えっ、どこの、どいつ？」

「こいつだ。このジャン・テオフィル・ルクレールだ」

ヴァルレが指さしたのは、鉄格子の向こうだった。

4——思わぬ報せ

知らない男だ。が、仮に旧知だったとしても、好きになれてはいなかったに違いない。古代ギリシャの彫刻よろしく端整な顔が浅黒く日焼けして、いかにも精悍《せいかん》な感じだった。まだ二十代と思《おぼ》しき若さで、やたらと背が高い。短髪にしているせいか、妙に頭は小さくみえるし、肩幅は馬鹿みたいに広くみえる。

一見して体力自慢の輩《やから》だが、なるほど軍隊にいたらしく、その肩にひっかけるようにして、古軍服を羽織っていた。そのほつれ方からして、いかにも女の気を惹《ひ》きそうな感じなのだ。けっ、おもしろくねえ、くそったれ。まさにモテる男の見本じゃねえか、くそったれ。

「わかった、わかった、ああ、あきらめる。で、そのルクレールとかいう兄さん」

「な、なんでしょうか」

「どっちなんだい」

「どっちというのは」

「とぼけるな。おまえはクレール・ラコンブの男か、ポリーヌ・レオンの男か、どっちだって聞いてんだよ。そうじゃないほうをモミモミするから、はっきりさせとけっていうんだよ」

「………」

ルクレールは答えなかった。なんだよ、それくらい教えろよ、くそったれ。エベールが畳みかけると、ヴァルレも面倒くさげに急《せ》かした。ああ、ああ、答えてやれ、ルクレール。

「そういわれても……」

カッと顔まで赤くして、ルクレールは本当に困ったという顔だった。

なんだか妙な空気が流れた。その静けさにエベールは閃《ひらめ》いた。

「もしかして、二人とも。いや、まさかね」

「………」

「まさか、なのか」

「いえ、不真面目《ふまじめ》な気持ちからじゃないんです。ただパリに出てきたばかりで、なんというか、なにもかもが眩《まぶ》しくみえて……。つまりはクレールも、ポリーヌも、二人とも好きになってしまって……」

エベールとしては、いよいよもって面白くない。二人ともなんだと、ますます疑えなくなったからだ。ああ、そうなんだ。とんでもねえ真似《まね》しておきながら、こんな風に深刻そうに悩んでみせる男ほど、どうしてだか、ますます女にモテやがるんだ。

「この蛇男め」

「な、なんですか」

「知ってるか。蛇ってえのは、チンポコふたつ、ついてんだ。だから、ルクレールとやら、てめえは蛇男だ。同時に穴ふたつ埋めようなんて、ふざけた了見の野郎のことは、俺《おれ》っち、これから蛇男と呼ぶことに決めた」

「だから、なんの話なんだ」

ショーメットが憤然として介入した。いや、エベールにいっても、仕方ないか。ああ、ヴァルレさん。エベールというのは、自覚に欠けるというか、こだわるところがズレているというか、とにかく、こういう奇妙な男だから、できれば変なチョッカイ出さないでもらいたい。

「ああ、モテるとか、モテないとかは、一種の譬《たと》えだったのさ。その譬えで論じるならば、やっぱりエベールはモテるのさ」

「モモロさんまで、なんなんです」

「いや、ショーメット第一助役。モモロさんは正しいですよ」

新たに言葉を挟んだのが、クロード・エマヌエル・ドブサンという男だった。

これまた鉄格子の内側の囚人で、今日二十六日に逮捕されてきた。本業が弁護士だが、同時にシテ区の代表を務める男で、十二人委員会が命じた帳簿の提出を拒否したとして、問答無用に勾引《こういん》されたという口だ。

五十男は四角い顎《あご》の造りからして頑固そうで、簡単に自説を放棄する手合いではない。

ええ、そうなんです。だって、皆さん、考えてみてもくださいよ。

「共和主義女性市民の会はエベール釈放を唱えたんです。いくら親しくても、ヴァルレ君の釈放は叫びませんでした。ルクレール君といいましたか、とにかく、そちらの色男が逮捕されたとしても、こんな大きな運動にはならなかったでしょう」

「絶大な人気を誇る『デュシェーヌ親爺《おやじ》』だから、こうまでの騒ぎになった。激昂派《アンラジェ》じゃあ、こうはいかない。やりすぎで悪名も高いから、支持者はそれほど多くない。どれだけ応援しても、パリは盛り上がらない。甲斐《かい》がないことは女たちも承知していると、そういうことですね、ドブサンさん」

「その通りです、モモロさん」

「ああ、わかっている。悔しいが、その通りだ」

続いたのは、ヴァルレだった。一語ずつ絞り出すかの調子で、当の激昂派までが認めた。ああ、俺たちだけじゃあ、こうはならなかった。実際に俺が逮捕されても、パリは静かなままだった。空気が一変しちまったのは、エベールが逮捕されてからだ。

「つまり、ジロンド派はしくじった」

「私も、そう思います」

「どういうことです、ドブサンさん」

「ですから、モモロさん、十二人委員会も激昂派の逮捕に留《とど》めていれば、こんな騒ぎにはならなかったんです。パリ自治委員会が動くこともなければ、当然それにイスナールが短気を爆発させることもなかった。暴言を吐いて、パリと一触即発になることもなかった」

「けれど、ジロンド派は自制できなかったと。より大きな生贄《いけにえ》を欲してしまったと」

「ええ、そうです。本当ならマラを撃ち落としたかったのでしょうが、何度もしくじりを重ねて、さすがに懲《こ》りたとみえます。それでエベールならと狙《ねら》いを変えてみたんでしょうが、この男にしてみても、天下の『デュシェーヌ親爺』なわけですからね」

エベールは常ならず黙して聞いた。自尊心がぐんぐんと膨張して、総身をパンパンに満たしたからだ。なにも考えられなかったし、ましてや声など出てこない。ほとんど喉《のど》が詰まるくらいで、おかげで頭もクラクラしてくる。

ただ嬉《うれ》しい。ひたすらに嬉しいの一語である。

「しかし、だ」

いくらか自分を取り戻すや、エベールが一番に吐き出したのは逆接の言葉だった。しかし、俺っちだって、思われてるほど馬鹿じゃねえ。とってつけたような世辞で煽《おだ》てられて、他愛《たわい》なく本気になってしまうほど、物がみえないわけでもねえ。

「だから、ヴァルレ、その先はいうんじゃねえぜ」

「だから、エベール、起つしかない」

「あーあ、いっちまった」

「な、なに」

「だから、蛇男ルクレールみたいに、起《た》つのはチンコだけにしろ、くそったれ」

「ふざけてる場合じゃない。いいか、エベール、これは千載一遇《せんざいいちぐう》の好機なんだ。蜂起《ほうき》するなら、今を措《お》いてありえないんだ」

「とは思わねえがなあ」

「よくいった、エベール」

鉄格子の向こうから、ショーメットが声を飛ばした。ああ、蜂起なんて、とんでもない。だから、司教宮殿派《エヴェシエ》の無法な運動については、国民公会《コンヴァンシオン》は無論のこと、パリ自治委員会だって公認してはいないんだ。

「はん、偉くなりやがって」

「いや、ヴァルレさん、偉いとか、偉くないとか、そういう話じゃない」

「そういう話だろう。てめえらだって、あの八月十日には単なる暴徒だったんじゃないか。たまたま蜂起が成功したから、議員だとか、パリ市の助役だとかに成り上がったんじゃないか。なのに、どうして俺たちが蜂起を企《くわだ》てちゃいけないんだ」

「そ、それは……」

「革命というものは常に違法じゃないか。そのときの合法がおかしくなって、それを倒さなくてはならないから、違法であり、公認されないことこそ、むしろ革命の資格だろうが」

やりこめられる格好で、ショーメットは言葉に窮した。頭でっかちだけあって、なるほどヴァルレは弁が立つ。てえことは、俺っちの出番だな。

「いや、ショーメットは偉いんだよ」

「だから、エベール、なにも私はそういうつもりで……」

まあ、いいから、喋《しゃべ》らせてみろ。そうやって宥《なだ》めてから、ヴァルレに続ける。ああ、偉いんだ。こうみえて、ショーメットは元が医者の先生だからな。パリ市の助役とかなんとかいう以前に偉いんだよ。

「けど、ヴァルレ、おめえだって、いいとこのボンボンじゃねえか」

「………」

「確かに郵便局で働いちゃあいるが、それだって恵まれた仕事だぜ」

エベールは続けた。てえか、それも最近の話じゃねえか。政治活動にのめりこみすぎて、新聞だの、小冊子だのを出しすぎて、それで金がなくなったから、ようやく働き始めたんじゃねえか。その前は年金だの、地代だの、配当だので、悠々自適だったんだろ。

「だいたいが、今もジャコバン・クラブに籍を置いてるじゃねえか。あそこの高い会費を払い続けてるってことじゃねえか」

「それは……」

「偉いんだよ、おまえだって。上辺《うわべ》だけ赤帽子《ボネ・ルージュ》かぶってても、貧乏人のことなんか、実はわかってねえんだよ。立ち上がれ、サン・キュロット、なんて叫んじゃいるが、おまえ自身はブルジョワじゃねえか。いってみりゃあ、偽サン・キュロットじゃねえか」

これきりで黙るだろうと、エベールは疑わなかった。が、予想に反して、すぐにヴァルレは立ちなおった。ああ、そうだ。俺は偽サン・キュロットだ。本当は庶民のことなんて、わからない。どれだけ考えても、本当のところはわからない。正義をやってるつもりなのに、誰もついてこないのは、そのためなんだとも承知している。

「だからさ、エベール。だから、あんたしかいないっていうんだ」

「おっ、なんだ」

「あんたが起てば、大挙してサン・キュロットも蜂起する。あんたなら、独りよがりな暴走にならない。あんたのいうことなら、パリの誰もが聞くんだよ」

「ううん」

「なあ、エベール、やろうじゃないか。ともに死ぬか、さもなくば右派の暴君どもと十二人委員会を倒すか、それしか残されてないんじゃないか」

「ヴァルレ、おめえ、かなり追い詰められてんな」

わからないではなかった。去年の秋から何度となく蜂起してきた。が、ことごとくが失敗に終わっていた。のみならず、失敗するごと、パリから愛想を尽かされるのだ。乱暴な過激派にすぎないなどと、敬遠されるばかりなのだ。

「けど、まあ、今の話しっぷりは、それとしてグッと来るものがあったぜ」

「エベール、おまえ、まさか……」

鉄格子の向こうでは、ショーメットが慌てていた。いや、そんな責めるような目でみるなって。ちょっとグッと来たからって、このまま蜂起するとはいわねえよ。

「俺っちにいわせれば、まだ決起する時期じゃねえし」

エベールが答えると、今度は牢内からドブサンである。

「時期じゃないというのは」

「あんたも、チラといったじゃねえか。激昂派じゃあ、問題にもならない。といって、マラだと強すぎる。たぶん蜂起の形になる前に決着がついちまうだろう。『デュシェーヌ親爺』だからこそ、いい感じで蜂起できる。そういう情勢なんだろうが、裏をかえせば、俺っちなんかじゃあ、なんの決定打にもならねえ」

「そんなこと……」

「あんたは思わなくても、俺っちは思うんだ。仮に蜂起できたとしても、それから先は膠着《こうちゃく》するに決まってらあ。そのへん、サン・キュロットの連中だって、なんとなく感づいてんだ。だから軽々しく起とうだなんて思わねえんだ。ああ、俺っちだって思わねえよ。家に可愛《かわい》い女房がいるんなら、なおさらの話だぜ」

「………」

「蜂起するのが目的じゃねえだろう。勝たなきゃ意味がねえだろう。ジロンド派を圧倒したいってんなら、やっぱりマラが必要なんだよ。ダントンみたいな人集めの天才がいるじゃなし、カミーユみたいな蜂起の名物男が進んで加担するじゃなし、だとすれば、やっぱりマラか、でなかったら……」

「ロベスピエールが動いたぞ」

「えっ？」

「ああ、ロベスピエールが動いた。ロベスピエールが動いた」

それは駆け足の音を伴う声だった。入口の松明《たいまつ》に照らされながら、躍動する影絵として飛びこんできたのはロンサンだった。ああ、太眉《ふとまゆ》に割れ顎の、なんだか角ばった相貌《そうぼう》は、コルドリエ街の仲間で間違いない。ああ、そうだ。今までジャコバン・クラブにいたんだ。ちょうどロベスピエールが演壇に立っていたんだ。そこで火が出るような演説を聞かされた。蜂起を呼びかけていた。

5——あと少し

「何度もいってきたように、人民は自らの力に立脚しなければなりません。ええ、人民が抑圧されるとき、もはや自ら以外に何も残されていないとき、さあ立ち上がれといわないならば、私は卑怯者《ひきょうもの》となることでしょう。人民が蜂起《ほうき》を余儀なくされるのは、全ての法律が破られたとき、専制政治が絶頂をきわめたとき、良き信仰と羞恥心《しゅうちしん》が足蹴《あしげ》にされたときです。そのときが、とうとう来てしまいました。我らの敵は愛国者の面々を、あからさまに迫害しています。法律の名の下、またしても人民を悲惨と隷属の淵《ふち》に沈めることこそ、連中の望みなのだとわかったのです。もちろん私は、どれだけの宝を差し出されようと、そうした腐敗の輩《やから》の友になろうとは思いません。悪党どもと一緒に勝者になるより、むしろ私は共和主義者たちとともに死にたいのです」

ややもすると、過激な感もある言葉遣いで、ロベスピエールは確かに演説を試みた。

五月二十六日の夕《ゆうべ》、はじめジャコバン・クラブで取り上げたのは、ヴェルニョーが故郷のボルドーに宛《あ》てた手紙だった。ジロンド県の支部が入手、パリに転送してきた写しで、もし自らが倒されたなら、そのときはパリに乗りこみ、必ず報復を試みてほしいなどと、ほとんど反乱を教唆《きょうさ》するような内容だった。

一読するや、ロベスピエールは激怒した。ええ、事態がここまで来たからには、ブリソ主義者どもの陰謀から身を守らなければなりません。ブリソの一党は周到ですから、人民のほうは、いっそう周到でなければならない。そう前置きして始めた演説が、いつしか人民に蜂起を呼びかけるような内容に発展したのだ。

「私が知るかぎり、人民には二様《ふたよう》あるのみです。自ら統治を行うか、あるいはそれを他者に委任するか。我ら共和国の議員たちは、この委任に基づいて責任をもち、人民の政府を打ち立てたいと欲しております。ために様々な意見も述べるのですが、往々にして耳を傾けられることがない。議長イスナールによる性急な警告にいたっては、我々から選挙権を剝奪《はくだつ》したも同然です」

そうやって、議会政治を否定するかの発言にも及んでいた。

「私は人民に促します。国民公会《コンヴァンシオン》に来てほしいと。全ての腐敗議員に対して立ち上がれと。諸々《もろもろ》の権利を守る権利というものが人民に承知され次第、私は私の発言を遮《さえぎ》ったり、それどころか、はじめから発言を許さなかったりする輩を、直《ただ》ちに圧政の徒とみなすことも予告しておきましょう。かつまた、ここに宣言いたします。議長ならびに国民公会に巣くうその一味全員に対して、この私は独りでも蜂起すると。サン・キュロットを侮《あなど》るような言動あらば、すぐさま腐敗議員に挑みかかってやるのだと」

荒々しい調子で、大きな声を出したことも事実なのだが、最後には結んだのだ。

「ですから、山岳《モンターニュ》派の全ての議員に呼びかけます。一致団結して、この貴族政治のごときと戦おうではありませんか。なんとなれば、もはや連中には二者択一あるのみです。国中で立ち上がる奮闘を向こうに回し、なお全ての力、全ての権力をもって抵抗を試みるか、あるいは無駄を悟って、自ら議員を辞職してしまうか」

それがロベスピエールが思い描く、理想の終着点だった。人民は蜂起する。隊伍《たいご》を組み、槍《やり》を担《かつ》ぎ、議会に詰め寄ることまでやるかもしれない。が、暴力を振るうわけではない。あくまで狙《ねら》いは無血クー・デタだ。力ずくで議会を屈服させるのではない。

――行動の主体は、むしろ議会だ。

個々の議員が人民の怒りを認識し、自らの意思で正しい選択を行う。国民公会の総意として、ジロンド派の追放という結論を出す。あるいはジロンド派に速やかな辞職を促す。そうした方向にもっていくための運動、議員に気づかせるための蜂起、議会を覚醒《かくせい》させるための暴動、いわば精神的な蜂起、道徳的な暴動、そうしたものを理屈に詰めて、ロベスピエールとしては訴えたつもりだったのだ。

――それは理解された、と思う。

ヴァルレやジャック・ルーというような激昂派《アンラジェ》、いや、フルニエやマイヤールのようなコルドリエ街の古参たちにしても、蜂起だ、戦闘だ、ジロンド派の皆殺しだ、ついにロベスピエールの御墨付《おすみつ》きが出たぞと、一時は大騒ぎになったらしかった。

が、それについては手を回した。拙速《せっそく》に走らないように、あくまで理性的な行動を取るように、つまるところ演説の趣旨を取り違えないようにと、ロベスピエール自身が別して説いて歩いたし、それ以前にダントンやデムーランが火消しに意欲的だった。

市長パーシュ、第一助役ショーメットら、パリ自治委員会の面々も冷静な態度を保ち、いずれにせよ、今すぐ八月十日の再現となるような空気はない。

翌二十七日は大荒れになった。といって、荒れたのは、あくまでも議会だった。いや、なお綱渡りだったというべきか。

テュイルリ宮の「からくりの間《マシーヌ》」に乗りこんできたのが、シテ区の代表だった。逮捕された区長ドブサンの釈放を要求し、さらに十二人委員会については革命裁判所に告発するよう国民公会の議決を求めると、これにパリの他の街区《セクシオン》も同調した。全部で二十八区が代表を送りこみ、陳情文を槍の穂先に掲げながら、すでにして威嚇《いかく》に等しい行動だった。が、そうした全てを無視したのが、またしてもの議長イスナールだったのだ。

再度の暴言は堪《こら》えたものの、今度は目下の国民公会は憲法審議に忙しいからという、ほとんど他人《ひと》を馬鹿にしたような口上だった。

もちろん、パリは激昂《げっこう》した。議場に入れる人数が少ないので、なお暴動という展開にはならなかったが、それも罵声《ばせい》のやりとりを重ねていればわからない。精神的な蜂起、道徳的な暴動の枠を超えてしまうかもしれないと、一時は本気で恐怖したくらいだった。危機が回避されたのは、民衆の介入を嫌って、ジロンド派が審議拒否、即座の退場を決めてしまったからである。続いた平原派《プレーヌ》も少なくなかった。議場に居続けたのは、ジャコバン派あるいは山岳派を中核とする、おおよそ百人ほどの議員だった。

「自由の敵だと、連中を非難しようじゃないか。なんらの手も打とうとしなかったことで、食料品の値段を常識外れなところまで吊《つ》り上げ、結果ほどなく起こるであろう人民の蜂起を招いた罪をもって、十二人委員会の廃止を決定しようじゃないか」

そうしたマラの主張が容《い》れられた。十二人委員会の廃止と同委員の公安委員会による監視、さらにエベール、マリノ、ドブサン、ヴァルレの釈放が決議されたのが、二十七日の正午頃《ごろ》の話だった。

——もちろん、それでは済まない。

案の定で翌二十八日には、ジロンド派が巻き返しを試みた。

「十二人委員会の廃止命令は、不法に決定されたものだ」

ランジュイネの抗議に始まり、それに騒々しいガデが加わることで、みる間に決議のやりなおしに運ばれた。指名点呼が行われたあげく、国民公会は今度は十二人委員会の継続を決めた。ジャコバン派もしくは山岳派の敗北だった。

——けれど、私は悲観しない。

ロベスピエールが前向きに評価するのは、指名点呼の票差だった。十二人委員会の継続は可決されたものの、賛成二百七十九票に対するに反対二百三十八票、ほんの四十一票の僅差《きんさ》の可決でしかなかった。

ジャコバン派もしくは山岳派は諸々の議員出張もあり、今は百人に満たない。負けたとはいえ、それが二百三十八票まで伸びたのだ。

ジロンド派の盤石《ばんじやく》が崩れ始めた。平原派がこちらの支持に流れてきた。いいかえれば、議会が動いた。

無視できないほどに動いた証拠に、ジロンド派のほうが譲歩を示した。十二人委員会の継続という成果は確保しながら、その十二人委員会にエベールらの釈放を提案させたのだ。

前日の決議を追認したのではなく、それは無効で、あくまで自分たちの判断なのだと建前を整えながらも、釈放という事実があるかぎり、譲歩であり、後退であることは、誰の目にも明らかだった。

あるいはジロンド派としては、マラの二の舞を恐れたのかもしれなかった。パリの民衆に再び暴挙に訴えられて、またぞろエベールあたりの身柄を取り戻されては恥の上塗《うわぬ》りになると、それは避けたかったのかもしれない。

つまりは評判を落として、議会に見放されたくないということだ。このままでは見放されかねないと、危機感を抱《いだ》いたのだ。

——議会は確かに動いている。

ロベスピエールは手応《てごた》えを感じていた。このまま平原派を取りこめれば……。ジャコバン派の発議が通るようになれば……。正式な議決をもって、首尾よくジロンド派を追放できれば……。いや、追放の恐怖に押されて、自ら議員辞職してくれれば……。

——あと少し。

あと少しで精神的な蜂起は成功する。道徳的な暴動は実を結ぶ。

6――発破

五月二十九日夜、ロベスピエールは再びジャコバン・クラブだった。

――あと少し。

そうだったはずなのに、二十六日と同じように演壇に立ち、同じように声を張り上げることになっていた。ええ、国民公会《コンヴァンシオン》において支配的な徒党というのは、陰謀をたくましくする将軍たちと密に結びついています。この徒党は支配を続行するでしょう。恐ろしい話です。愛国者の喉《のど》を裂くための計略を立て、それを捨てることはないでしょう。腐敗によって生み出された富という富、そして我らが共和国の富を独り占めしたあげくの影響力は、この徒党の手の内にこそあるからです。

「いえ、諸君らは諸君らが思いたいように思えばよい。それを諸君らが望めば、諸君らは私を罰しもするでしょう。けれど、思っているだけでよいのですか。考えを公《おおやけ》にしないということは、自らの良心を裏切るのと同じです。そう持論あるがゆえに、あえて私は口に出します。王家の専制主義が形も新たに、愛国者の骸《むくろ》のうえに築かれようとしています。聞こえてくるものは様々で、ときどきに応じて好ましかったり、疎《うと》ましかったりしていますが、そうした報《しら》せというものは往々にして、我らを絶望に導くための囮《おとり》だったりするのです。今あるのは自由を取り戻すため、陰謀を押しつぶすため、本来であれば蜂起《ほうき》するしかないような危機です。それに見舞われていながら、なお人民は騙《だま》されるのです。ええ、そうです。人民は今日まで騙されてきた。いえ、まだ騙されています。そうした過《あやま》ちから向後《こうご》も脱け出さないならば、ほどなく全ての愛国者が息の根を止められることでしょう」

いくらか言葉遣いは違えど、いっている内容に大差なかった。繰言《くりごと》に留《とど》まっているなど、もちろんロベスピエールには不本意以外のなにものでもない。それでも、前に進むことができないのだ。

なお議会は頑迷なままだった。好転するかに思われた二十八日の展開にもかかわらず、いや、それを拙速として後悔し、慌てて旧に復そうとでもするかの印象さえ醸《かも》しながら、二十九日の国民公会は停滞に流れたのだ。

いいかえれば、ジロンド派の天下に戻り、ゆるゆる憲法論議などに無為の時間が費やされた。

ロベスピエールは続けた。

「人民がいたるところで蜂起するようでないならば、自由は失われてしまいます。ひとつの救いようのない地平にいたるのみです。そこで人民は真理を聞くことでしょう。自分自身という名医をおいて、他に治せる医者もないのだと」

ジャコバン・クラブの集会場は満席だった。

マラがいる。クートンがいる。ルバがいる。サン・ジュストがいる。モーリス・デュプレイはじめ、議員ならざる会員たちまで詰めている。

ロベスピエールは思う。ここにはフランスを変えようという熱意がある。いや、ここだけでなく、恐らくはフランス全土が、ありうべき変化を切望している。なのに、どうして議会ばかりは冷めているのだろう。どうしたら燃えたってくれるのだろう。

「人民に政治を委《ゆだ》ねられたる者には、もはや果たしうる義務はひとつしかありません。それは人民にありとあらゆる真実を語ることです。いいかえれば、それは救いの道を示すために、人民の先頭を歩くことです」

温度を上げるばかりのジャコバン・クラブには、常ならざる面々まで駆けつけていた。パリ市長パーシュ、第一助役ショーメット、第二助役エベールと、パリ自治委員会の首脳たちまで、綺麗《きれい》に揃《そろ》い踏みである。

――なかんずく、エベール。

第二助役は、まさに異色の人材だった。台頭著しい逸材でもある。『デュシェーヌ親《おや》爺《じ》』という、今やマラの『人民の友』改め『フランス共和国日報』に迫る勢いの新聞を擁《よう》して、途方もなく大きな影響力を振るうこともできる。

世に「くそったれ調」と呼ばれる破天荒な文章ながら、激昂《アンラジェ》派のように闇雲《やみくも》な攻撃性ばかりではなかった。いや、激情的なようにみえて、むしろ激昂派のほうが理詰めだ。感情を剝《む》き出しにするというのでもないながら、ときとしてエベールは支離滅裂にさえ傾く。

――専《もっぱ》ら直感で動く。

ある種の天才というのか、その直感が外れない。サン・キュロットの感じ方に過たずに同調できるから、エベールは恐るべき爆発力を発揮するのだ。

危険な男だ。アベイ監獄で同房だった激昂派のヴァルレと意気投合、ともに蜂起の誓いを立てたとも噂《うわさ》されている。そのエベールが釈放されて、ジャコバン・クラブに来ているのだ。

「人民に政治を委ねられたる者、とりわけパリ自治委員会のことです」

と、ロベスピエールは声に出した。直後から心のなかで慌てふためく自分がいた。なにをいいだす、マクシミリヤン。パリ自治委員会を動かしたら、ただでは済まない。激昂派だけなら、一部の勇み足で片づけられるものが、パリ自治委員会では蜂起になる。それも後戻りできない蜂起だ。エベールが号令をかけるのなら、サン・キュロットは走るのだ。

「この巨大都市の利益を守るべく使命を委ねられている、そのパリ自治委員会が、真実を語り、人民に道を示すという自らの使命に従わないとすれば、どうでしょうか。最も卑劣な陰謀家たちが迫害を企《くわだ》てているにもかかわらず、その事実を広く公にしないでいてよいのでしょうか」

やめろ、やめろ、なにをいっている。心のなかの自分はとうに警鐘《けいしょう》を鳴らしているのに、それでもロベスピエールは止められなかった。だんと演台を拳《こぶし》で一打ちすることまでして、さらに熱く続けるのみだった。

「パリ自治委員会が人民との間に密な同盟を形作らないならば、諸々の義務のうち筆頭に挙げられるべき義務を破棄することになってしまいます。今日までパリが勝ちえてきた声望を裏切ることにもなるでしょう。我々が直面している危機、議会が陰謀の徒党に支配されているという危機においては、自治体こそが圧政に抵抗しなければならないのです」

誤解してくれるなとか、底意を汲《く》んでほしいとか、そんな頼みができるような演説ではなくなっていた。すでにして、あからさまな蜂起の教唆《きょうさ》だ。パリ自治委員会と名指ししながら、おまえたちが中心になって蜂起を進めるべきではないかと、発破《はっぱ》をかけたも同然なのだ。

——しかし……。

ロベスピエールの心は、なおも諦《あきら》めたわけではないのだ。ああ、私が狙うのは、あくまでも精神的な蜂起だ。道徳的な暴動をもって、議会に気づかせることが大切なのだ。さもなくば、もはや議会政治そのものの危機だ。仮にジロンド派を追放できたとしても、そのとき議会は死んだも同然になってしまう。

「ええ、愛国者の迫害について正義の裁きを行う権利を、声も高く主張しなければならないのです。祖国が最大級の危機に見舞われているとき、人民の代表者たちの務めとは、自由のために死ぬことか、さもなくば自由をして勝利せしめることでしかないのです」

ジャコバン・クラブに起きたのは、熱狂的な拍手だった。立ち上がり、足を踏み鳴らし、声まで嗄《か》らして、ブラボ、ブラボを連呼する。興奮顔で集会場を飛び出す輩《やから》も少なくない。いったん背中をみせたが最後で、もう二度とは戻らない。しかし、待ってくれ。ああ、あの頭頂の髪が薄い男は、エベールだろうか。ならば、待ってくれ。まだ私の心は決まっていない。いや、そもそも、そんなつもりはなかったのだ。だから……。

7――呼び出し

　五月三十一日、セーヌ河岸《かし》のグレーヴ広場は、朝靄《あさもや》に白く煙るようだった。

　そこから奥に連ねて、えんえん石の柱と硝子《ガラス》の窓を並べながら、重々しく鎮座するパリ市政庁の建物でも、青灰色の壁が黒く湿るほどだった。ましてや玄関の階段に腰を下ろせば、じっとり尻には冷たい水が染みてくる。

「きやがったか、くそったれ」

　そう声に出しながら、エベールは立ち上がった。美男の相貌《そうぼう》をハッとしたように強張らせ、かたわらのショーメットが確かめてきた。

「やはり、奴《やつ》らか」

「いうまでもねえ。だからって、俺《おれ》っちを叩《たた》き起こしたのは誰でもねえ、おまえじゃねえか、ショーメット」

　朝の五時に遣いをよこすか、くそったれ。そう不平は零《こぼ》してみせたが、エベールのほうでも起こされるだろうとは予想していた。起こされる前に目を覚まし、実は身支度まで済ませていた。寝るどころではなかったからだ。すでに夜中の三時には、ノートルダム大聖堂のジャクリーヌの大鐘が、ガランガランと大音声《だいおんじょう》で鳴らされていたからだ。

――となりゃあ、司教宮殿《エヴェシェ》の連中に決まってんじゃねえか、くそったれ。

同じシテ区で、ノートルダム大聖堂のすぐ隣じゃねえか、くそったれ。そうして辻褄《つじつま》を合わせるまでもなく、エベールは知っていた。監獄から解放された五月二十九日、ジャコバン・クラブでロベスピエールの演説を聞いたあとだから、あるいは三十日になっていたかもしれないが、いずれにせよ、その深夜に自分も司教宮殿に呼ばれていたのだ。

かねて根城にしてきた激昂《アンラジエ》派、それにシテ区の連中が中心になって招いたのが、パリ諸街区《セクシオン》の代表たちだった。全てが人を遣わしたわけではなかったが、細かいことは気にするなとばかり、パリ諸街区の総意として宣言したのが、蜂起《ほうき》委員会の発足だった。委員はドブサンやヴァルレを含む六人、委員長に選ばれたのはコルドリエ・クラブの古参で、今はパリ県庁の執政理事の一人になっている、ルイ・ピエール・デュフールニィだった。

「だが、エベール、やっぱり、あんたが引き受けてくれないかな」

と、デュフールニィは縋《すが》るような目をして持ちかけたものである。もう五十四になる男だが、広い額を横に走る皺《しわ》が相応の貫禄になるでなく、このときは疲れて、萎んで、しょぼくれた風を醸《かも》すばかりだった。

「委員長を？　はん、どうして俺っちなんだ、くそったれ」

「いうまでもない。『デュシェーヌ親爺《おやじ》』の影響力は決定的だからさ」

そういう意味はわかるぜと、このときもエベールは思う先から声に出した。なんたって、俺っち、パリの人気者だからな。女たちのクラブが無関心ではいられないくらい、モテモテ男でもあるからな。

「でも、そいつを利用したいって腹が、なんだかミエミエなんだよなあ」

「そいつは、ひどい。エベール、俺たち昔馴染《むかしなじみ》じゃないか。コルドリエ街の仲間じゃないか」

「おめえはな、デュフールニィ」

「…………」

「ヴァルレで駄目だったから、今度はデュフールニィだなんて、おめえを担《かつ》ぎ出して、おめえに誘わせてる時点で、かえってミエミエだっていってんだよ」

おまえら、街区の代表たちを説得するのに、デュシェーヌ親爺の名前を使いたいんだろ。てえか、もう使っちまってんだろ。そう返してやると、シテ区代表のドブサンは大いに慌てた。いや、そうじゃない。必ずしも、そうじゃない。

かたわらでヴァルレのほうは、拗《す》ね子のように口を尖らせ、いよいよ居直る口ぶりだった。わかってくれたんじゃないのか、エベール。

「まだ蜂起に反対なのか」

「そうはいってねえぞ、くそったれ。今日のところは気分もいいしな、くそったれ」

「気分だと」

「おお、気分だ。いいはずだってえのも、牢屋《ろうや》から晴れて釈放されたからな」

エベールはといえば、愉快に続けたものだった。いや、俺っち律儀なサン・キュロットだから、寄り道なんかしねえで、まっすぐ家に帰ったね。四晩も御無沙汰《ごぶさた》してたってんで、すぐさま女房を可愛《かわい》がったね。そしたら、あいつ、なんていったと思う。「おかえりなさい、なんていうんだぜ。おっぴろげながらだぜ、くそったれ。とろとろになりながらだぜ、くそったれ。いや、まいった。なんてえか、グッとくるじゃねえか、男としては。自分の女房だし、少しくれえ笑われてもいいから、僕ちゃん、今日は早くイッちゃおうかとも思うじゃねえか。こっちはこっちで、ただいま、今かえったよ、なんていいながら……」

「エベール、おい、エベール」

「なんだ。どうした、ヴァルレ、赤い顔して」

「だから、聞いてるこっちが恥ずかしくなる」

「そんなんだから、おめえは偽サン・キュロットだってんだ、くそったれ」

「あんたの猥談《わいだん》と、全体なんの関係がある」

「だから、俺っち、ひとりでさっさとイクような勝手男じゃねえってことだ。ちょっと早くていいかなあと思うのも、女房からしてお待ちかね、まんざらでない様子だったからじゃねえか。だから、俺っちは遠慮なくドッカンと……」

「もういい、エベール。なお、わからない」

「なにが、わからねえ。蜂起には反対しねえって話じゃねえか、くそったれ。サン・キュロットにしても、そろそろ起《た》てるころかなって話じゃねえか、くそったれ」

「それでも、蜂起委員会には名を連ねたくないんだろ」

「ああ、お断りだ」

そうやってエベールは、自ら距離を置いたのだ。

太鼓の響きが大きくなった。ダララン、ダララン。ダララン。行進の拍子をとって、士気を高める音が近づくにつれ、朝靄に透けて黒いものが動くのもみえてきた。セーヌ河を挟んですぐ対岸であれば、気配ばかりはとうに感じられていた。が、建物が密集する都心であれば、いよいよ近くにこないかぎり、目で確かめることはできなかったのだ。

じっとり濡《ぬ》れた尻を手でパンパンと叩きながら、エベールはショーメットに続けた。俺っちはグレーヴ広場だって、連中にはそうもいって別れてきた。だから、こっちに来るに決まってんだよ。

「でなくったって、こっちから司教宮殿に出向くわけにはいかねえだろう」

「パリ自治委員会と、ロベスピエールが名指ししたからかい」

「いうまでもねえ。司教宮殿派を名乗ろうと、もっともらしく蜂起委員会を名乗ろうと、激昂派は激昂派で、大した連中はついてこねえからな」

黒いものが形になった。数人を先頭にして、ぞろぞろ隊伍《たいご》をなして進んでくるのは、国民衛兵隊だった。全体止まれの合図で静止したのが、やはりのグレーヴ広場である。こちらで迎えたのは、市長パーシュ、第一助役ショーメット、第二助役エベールの三役に、さらに市政評議会議員と市職員が数人ずつだった。

隊伍から分かれて、ひとりが前に出てきた。難しい顔をして、なお育ちの良さを思わせるのは、ジャン・フランソワ・ヴァルレしかありえない。

「本日午前一時、革命中央委員会は……」

「革命中央委員会だと。おい、ヴァルレ、蜂起委員会はどうなったんだ、くそったれ」

「あのときの六人から九人に増えて、名前を改めることにしたんだ」

「へええ。まあ、そんな代わり映えしないけどな」

エベールが片づけている間に、駆け足で近づいてきた影があった。靄のなかでも、つるりと見事な禿《は》げ頭は光る。それ以上にこれみよがしの僧服は、ジャック・ルーしかありえない。

激昂派の大立者《おおだてもの》は肘《ひじ》で仲間を突《つっ》いていた。だから、こいつの調子に巻きこまれるな。

ん、んん。ひとつ咳払《せきばら》いすると、ヴァルレは再びの宣言調だった。

「とにかく、革命中央委員会は、裏切り者を逮捕するため、本日午前一時をもって、蜂起状態に入ることを決議するにいたった」

「へええ。そんで」

「また蜂起委員会は……」

「今度は蜂起委員会かよ」

「蜂起委員会のときの決定なんだ。いや、とにかく、ん、んん、とにかく、当委員会はジャルダン・デ・プラント大隊の大隊長フランソワ・アンリオを格上げし、国民衛兵隊の司令官に任命した」

司令官サンテールは五月一日付で辞職していた。今度は共和国軍の将軍として、一万二千の兵士ならびに三十門の大砲を引率し、ヴァンデ反乱軍の鎮圧に向かうためだった。後任には十九日付でセルヴェ・ボードワン・ブーランジェが就《つ》いていたが、その人事を蜂起委員会だか革命中央委員会だかの一存で、とにかく反故《ほご》にしようというわけだ。

「ほお、やるじゃねえか、くそったれ」

「暫定的《ざんていてき》に、ではある」

そうやって、ヴァルレは言い訳がましかった。そのせいか、また別な男が、ふらりという感じで前に出てきた。ひょろりと長身であるだけに、なんだか頼りない印象だ。

「なんだよ、デュシェーヌ親爺、俺のことは認められねえってのか」

これでシャキッと背筋でも伸ばしていれば、それなりにみられるようになるのだろうが、いかんせん今日も酒臭い。ったく、また飲んだな、くそったれ。

それも旧知の仲間ではあった。だから、おまえを認めるも認めねえもねえよ。

「だけど、なあ、アンリオ、おめえの国民衛兵隊は、ちっと淋《さび》しいんじゃねえか」

確かに隊伍をなしてきた。ぞろぞろという感じにもなったが、よくよくみれば、一見して大隊の規模にも届いていなかった。街区の連中を、いまいち説得しきれなかったってところか。仮に蜂起は了承されても、早起きまでは断られたってところか。

「それでも役立たずじゃねえぜ。パリ自治委員会くらい、簡単に解散に追いこんでやれる……」

「おい、アンリオ、酔っ払いが、デケえことといってんじゃねえぞ」

「なんだと、エベール、どっちがデカい……」

「マラにいいつけるぞ」

と、エベールは叩きつけた。

パリにマラの信奉者は少なくない。が、アンリオの傾倒ぶりは度を越していた。マラのことは、もう、ほとんど神さま扱いだった。どこか路地裏で、マラの悪口が囁《ささや》かれたが最後で、アンリオが拳固《げんこ》もろとも駆けつける。パリでは、そういわれるくらいなのだ。

　ところが、神さまだけに畏《おそ》れ多いということか、マラ本人に近づくことはない。それこそ話しかけることさえないというのも、マラに嫌われたり、疎《うと》まれたり、軽蔑《けいべつ》されたりすることを、極度に恐れているからである。

　その弱みをエベールは突いてやった。へへ、どうだ、アンリオ、どうなんだ。マラにいいつけるなんていわれて、おめえ、きゅっと縮んだろ。今ズボンの奥のほうじゃあ、餓鬼みたいに小さくなってんだろ。

「なにがデケえだ、くそったれ。なんなら、この場でズボンおろして、おまえのイチモツ、みんなで笑ってやってもいいんだぜ」

「我々革命中央委員会は……」

　またヴァルレが声を張り上げた。根が真面目《まじめ》で、切羽詰まっていることもあり、もう目玉が潤んできている。可哀相《かわいそう》なくらいだな。わかった。ああ、わかったから、続けてみなよ、くそったれ。

「パリ諸街区の多数から……」

「多数って、数字でいえば」

「三十三区だ」

ヴァルレの背中から顔を出して、ジャック・ルーが答えた。エベールも頷《うなず》いてやる。四十八区のなかの三十三区、まあ、多数だな。ああ、わかった。続けてくれや。

「ん、んん、それで革命中央委員会は三十三区に無制限の権限、すなわち主権者たる人民の権限を与えられた。かかる権限をもち、当委員会はパリ自治委員会を解散させるものである」

8――蜂起の始まり

「なんだって。解散だって、くそったれ」

エベールが応じた以上の勢いで、ショーメットが前に出た。長く伸ばした後ろ髪が、刹那《せつな》の風に踊るくらいの勢いだった。

「ふざけるな。自治委員会が、どうして解散しなければならないんだ。全体なんの権限があって、おまえたちは……」

「だから、パリ諸街区の多数から与えられた無制限の権限だ。主権者たる人民の……」

「我々とて、人民に権限を委任された組織だ。ロベスピエールの言葉を使えば、パリ自治委員会は『人民に政治を委《ゆだ》ねられたる』組織であり、『この巨大都市の利益を守るべく使命を委ねられている』組織なんだ。それを否定できるなんて……」

「うるさい」

やはりの短気で、出てくるのはジャック・ルーである。その古い委任は、すでに無効だ。今やパリの人民は、我ら革命中央委員会に新たな委任を与えたのだ。それを認めないならば、残念ながら強硬手段に訴えることになるが……。

「おい、アンリオ」

遮《さえぎ》りながら、エベールは名前を呼んだ。強硬手段というのは、国民衛兵隊のことであり、司令官アンリオのことだからだ。そのアンリオには、ひとつマラという弱みがある。

「で、おめえ、ロベスピエールのことは怖くないんだっけ」

軍服の背筋が伸びると、その頬《ほお》もヒクと動いた。もうひとつ、あるようだ。

「やっぱ怖いよなあ。あの先生ときたら、マラとは不思議に馬が合うみてえだからなあ」

「わかったか」

ショーメットが待ちかねた勢いで叩《たた》きつけた。ロベスピエールの御墨《おすみ》付きをもらっているんだ。革命中央委員会だかなんだか知らないが、おまえたちの暴言を聞き入れる義理なんかないんだ。わかったら、ふざけた前言を取り消せ。取り消せないなら、さっさとグレーヴ広場を出て行け。

「まあ、まあ、ショーメット、おめえも、ちっと大人げないぜ」

「しかし、だ、エベール」

「とりあえず、話だけは聞いてやろうじゃねえか」

エベールは向きなおった。革命中央委員会はパリ自治委員会を解散すると。で、どうなんだ、ヴァルレ。

「解散させられた俺《おれ》っちたちは、どうしたらいいんだ」

ヴァルレにルー、それにドブサンまで交えて、ぼそぼそ打ち合わせだった。

「市政庁の屋内で待機してもらえるか」

「屋内ね。市政評議会の議事堂あたりでいいかい」

相手の頷きを得るや、エベールは踵《きびす》を返した。

向きなおった建物には、見上げる壁に新しく文字が刻まれていた。輪飾りのなかに綴られるのは、次のような文言である。

「自由、平等、友愛、さもなくば死を」

革命の精神を端的に表現した標語は、ラ・アルプ通りの印刷屋モモロが考えたものである。八月の蜂起の後の話だが、それを今の市長パーシュが、市政庁はじめ、パリの公的な建物という建物に刻み入れさせたのだ。

——これが、えらく評判がいい。

その功労者パーシュの、いくらか時代がかった大鬘《おおかつら》もついてきた。市政庁の面々もぞろぞろと後に続いた。不服げな顔をして、しばし立ち尽くしたショーメットだが、最後には追いかけてきて、エベールに肩を並べた。

「いうこと聞くのか、あんな奴《やつ》らの」

「いいから、ショーメット」

「なにがいいんだ、エベール。どういう話になってるんだ」

「つまりは形が大事だってことだ」

「形だと」

「ああ、形だ。それに連中には憧《あこが》れもあるんだろうぜ」

「どういう憧れだ」

「天下のパリ市政庁に、いっぺん足を踏み入れてみたいって憧れだぜ、くそったれ」

エベールがまとめるが早いか、議事堂に通じる廊下に気配が動いた。

案の定で、やってきたのが、革命中央委員会の面々だった。てえか、激昂派だ。これまでは司教宮殿に勝手に集まるのが関の山だったんだ。いきなりテュイルリ宮とはいわねえでも、グレーヴ広場の市政庁くらいは入りてえのさ。自由、平等、友愛、さもなくば死を、なんて、あいつらも主役顔で叫びてえのさ、小便たれ。

「ということは、エベール、奴ら、今度は自分たちがパリ自治委員会を名乗るのか」

「本音はそうしてえんだろうが、そうできねえのもわかってる」

「それじゃあ……」

「始めるみたいだから、まあ、聞こうぜ、ショーメット」

議事堂の入口に、ヴァルレが立った。その背後にルーも、ドブサンも並んだが、三人とも緊張顔で、どこか自信なげでもあった。吐き出される声も震えた。

「革命中央委員会はパリ諸街区の多数から与えられた無制限の権限をもち、パリ自治委員会を臨時に回復させることを決めた」

「回復させる、だと」

語尾を上げて絡むような調子は、やはりのエベールだった。オドオドしてさえいるのだから、いくらか可哀相《かわいそう》だとは思いながら、なんというか、ある種の意地悪に駆られていた。

「おいおい、言葉遣いに気をつけな。パリ自治委員会さま、どうか回復してくださいの、間違いなんじゃねえのか」

「…………」

「ヴァルレでも、ルーでも、ドブサンさんでもいいから答えろ。ああ、ここは、はっきりさせとかないとな」

エベールは引かなかった。てえのも、建前が好きだってえか、頭でっかちだってえか、とにかく、おめえらのシチ面倒くさい理屈を簡単にいっちまえば、こういうことなんだろ。

「司教宮殿から命令しても、パリはいうことを聞きやしねえ。パリ市政庁に陣取ることができねえと、ほとんど蜂起の形にもならねえ。だから、なかに入れてもらいたいと。自治委員会にも協力してもらいたいと。それでも蜂起は自分たちのものだと。だから、解散させて、回復させて、つまり革命中央委員会のほうが上だって形を整えたいと。いや、まったく、とんだチャッカリさんもいたもんだな、くそったれ」

「チャッカリというが、まずは正すべき筋を正しておかないと……」

「うるせえよ、ルー。てめえは坊主だからわからねえかもしれねえが、そんな筋なんか正したってな、女がその気になるとはかぎらねえんだよ」

「意味がわからないんだが……」

「ったく、鈍い野郎だな。まあ、この際だから、チャッカリはいいや。ただ言葉遣いだけは、どうしたって直してもらう」

「それで回復してくださいといえと」

「ああ、ヴァルレ、そういうことだ。一種の言葉攻めだ。たまんねえな、くそったれ」

「えっ、言葉攻め、えっ」

「いいから、いうのか、いわねえのか」

「いえば、自治委員会は協力してくれるんだな」

「ああ、協力してやる」

「…………」

「ほら、どうした。ほら、ほら、いえねえってのか」

「パリ自治委員会は臨時に回復して……」

「聞こえねえなあ。もっと大きな声でいってくんねえか」

「回復してくださ……」

「ぜーんぜん、聞こえねえ」

「どうか回復してください！」

ヴァルレは声を張り上げた。悔しさか、恥ずかしさか、あるいは切迫感が限界に達したのか、刹那は目尻に涙まで光らせた。けど、そこんところが、そそるっていうんだ。

「気にいった。よし、わかった。自治委員会も、ひとつ蜂起に乗ることにしよう」

「おい、エベール、なに勝手なことを……」

「いいじゃねえか、ショーメット。ロベスピエールだって、その気になったことだしよ」

「それは、そうだが……。本当に信じていいのか」

「ロベスピエール先生だぜ。あれより信じられる男はいねえだろう」

「いや、そうじゃない。エベール、おまえの直感を信じていいんだなと、この蜂起に本当に参加していいんだなと、そう聞いてるんだ」

「だったら、決まりだ、くそったれ」

パーシュ市長も構いませんやね。身内で話をまとめると、エベールは再び革命中央委員会に向きなおった。ああ、よくいった。本当だ、ヴァルレ、撫《な》で撫《な》でしてやる。

「ただ最後に、もうひとつ」

「まだあるのか」

「おまえじゃねえ、ルクレールの兄さんにだ」

呼ばれて、やはりの美男子が進み出てきた。いや、今日みても、モテそうだ。腹立たしいくらいに、モテそうだ。神さまってのは、不平等だ。俺っちは神さま、嫌いだね。ぶつぶつやってから、エベールは声を大きくした。ああ、ルクレール、パリ自治委員会は、おまえらに協力してやることにした。そのかわり、だ。

「この蜂起が成功したら、おっぱいモミモミさせるって約束しろ」

「モミモ……」

「クレールとポリーヌ、どっちか選べ。んでもって、あぶれたほうでいいから、俺っちにモミモミさせろ」

笑いが起こった。エベール、あんたもこだわるな。ぷぷ、おめえ、他に考えることがねえのか。ヴァルレの苦笑、アンリオの爆笑と続いたわけだが、こちらは大真面目である。なにいってんだ。尋常なサン・キュロットたるもの、他に考えることなんかあるもんかい。

「ヤるために食う。ヤるために働く。ヤるために政治だって変えるんだよ」

「だったら、なおのこと、そんな約束を僕ができるわけないじゃないですか」

「できねえんだとしたら、ルクレール、おまえ、いくらか本気が足りねえんじゃねえか」

エベールに突きつけられて、答えられる者はなかった。まったく、前途多難だな。そう肩を竦《すく》めてみせても、いたるところの教会で警鐘《けいしょう》が鳴り響き、酒臭いアンリオの号令で、ついに警砲まで撃たれ、すでにしてパリ蜂起は始まっていた。後戻りなどできないのは、いつの蜂起も全く同じことだった。

9——議会の反応

パリは蜂起《ほうき》した。一七八九年七月十四日、一七九二年八月十日に続き、今日一七九三年五月三十一日にも、みたび蜂起に踏み出した。

——しかし、私が起こしたわけではない。

私の役目ではないからと、それがロベスピエールの考え方だった。

七月十四日はデムーランの演説に鼓舞されるや、進駐してきた軍隊に襲われるとの恐怖もあって、あとの人々は勝手に動いた。それがバスティーユ要塞《ようさい》を陥落させるという、ほとんど奇蹟《きせき》のような壮挙に発展した。我が事のように感動もしたのだが、ロベスピエール自身はヴェルサイユにいて、その瞬間に立ち会うことはできなかった。

八月十日はダントンが周到に絵図を描いた。スイス傭兵《ようへい》部隊を相手に、テュイルリ宮で戦闘に及ぶに際しては、マルセイユ、ブレストというような地方連盟兵の参加も大きかったと聞いている。

このときもロベスピエールは現場にいなかった。パリにはいたが、下宿に留《とど》まり、じっとしていた。パリ市政庁に足を運んだわけでもなければ、もちろん銃も担《かつ》がなかった。

こたび五月三十一日はといえば、激昂《アンラジエ》派の騒ぎが発端であるとはいえ、実質的な首謀者はエベールあたりか。アンリオが司令官の地位に就《つ》いて、パリの国民衛兵隊を動員したとも聞いているが、いずれにせよ、自分ではない。今回もロベスピエールは、蜂起の現場に居合わせたわけではなかった。

——私の仕事は、あくまで言論にある。

七月十四日も議員として憲法制定国民議会にあった。おかげで封建制の廃止、人権宣言の採択、憲法の制定と、事後の展開に微力ながらも尽くすことができた。下野《げや》した市井《しせい》の活動家でしかなかったが、八月十日も蜂起を肯定し、また政変を支持する演説を考えていた。下野した市井の活動家でしかなかったが、実際に政権の倒壊に及ぶや、ジャコバン・クラブに、パリ市政評議会にと場所を求めて、世論の形成に少なからず貢献したとの自負がある。

であれば、とロベスピエールは思うのだ。蜂起は私の仕事ではない。

——この五月三十一日にも私は、なにより語らなければならない。

そう心に唱えながら、前のめりに肩を怒らせ、テュイルリ宮に乗りこんだのは事実だった。

ところが、やはりパリは蜂起していた。教会という教会で打ち鳴らされ、ガランガランと警鐘《けいしょう》が喧《かまびす》しい。これに誘われたかのように、喇叭《らっぱ》の猛《たけ》りもひっきりなしに駆け抜ける。あげく警砲までが脈絡なく撃ち放たれる。そうした騒ぎに襲われて、「からくりの間《マシーヌ》」を右往左往している言葉など、ただ聞き取るのも容易でないくらいなのだ。

——それでも議会は召集されなければならないのだ。

道理を踏まえていたのは、なにもロベスピエールだけではなかった。蜂起の事態にもかかわらず、議員たちは平然と登院した。五月三十一日も国民公会《コンヴァンシオン》の審議は通常通りだった。もっとも、表の騒ぎと無関係ではいられない。

一番に議場を席捲《せっけん》したのは、ジロンド派の抗議だった。興奮のあまり舌ももつれて、いっそう聞き取りにくくなっていたが、パリの人々の不穏な行動、わけても勝手な市門の閉鎖、ならびに無秩序きわまりない警鐘の乱打、あるいは警砲の乱発には脅迫の意図が明らかであるとして、国民公会は即時の鎮静化を図れと求めたようだった。

ジロンド派の勢力は、議会においては圧倒的である。中道平原派《プレーヌ》の過半を抱きこみ、いつもは独壇場の展開をほしいままにする。が、議長イスナールの暴言が物議を醸《かも》してからというもの、下手《へた》に刺激しないほうが利口として、パリのことは無視する、都合が悪くなれば議会でも審議を拒否すると、そうした戦略を立てた一党でもある。

——それが仇《あだ》になった。

実際のところ、昨日五月三十日の議会には、ジロンド派の大半が出席を見合わせた。

が、そうして席を空けてしまえば、あとの議場で多数を制してしまうのは、ジャコバン派もしくは山岳《モンターニュ》派なのだ。

――狙《ねら》うは議長の座。

十二人委員会廃止のような大胆な一手は打たない。後日に反故《ほご》にされるのが確実だからだ。そのかわりに譲らなかったのが、折りしも行われた議長の改選だったのだ。

ジロンド派の候補ランジュイネに対して、こちらはマラルメを立てた。挙げての応援を展開したあげく、百十一票に対する百八十九票で、これにジャコバン派は勝利した。

ジロンド派の寡兵《かへい》を突いて、ときどきの議事に匙加減《さじかげん》を加えられる高座の権を獲得した。

三十一日の議会も、ジロンド派の思惑通りには運ばなかった。そのままパリを非難する声明を採択し、さらに当局に通達する鎮圧命令を可決しようとしたところ、その前に議長マラルメは内務大臣ガラを議会に招いた。

パリの現下の騒擾《そうじよう》について見解を質《ただ》されて、ガラは五月二十八日に強行された十二人委員会の再建が原因だと答えた。二十七日にいったん廃されたものが、すぐ翌日に再建されたことが、議会に対する人々の怒りを倍加させている。人民の代表たる者に敬意を欠くようにもみえるが、議決の二転三転が議会の威信を低下させる結果につながっている。それが議会の場で公《おおやけ》にされた、内政の総責任者の公式見解だった。

――それはジロンド派に加えられた、痛烈な叱責《しっせき》にも等しい。

パリのことは無視する、都合が悪くなれば議会を欠席する、そうした不誠実な態度に、とうとう返報されたともいえる。

事実、この思いがけない反撃に、ジロンド派は言葉を返すことができなかった。少なくとも、すぐには手を打てなかった。議会の第一党が示した躊躇《ちゅうちょ》を幸いとして、ここぞと登壇を求めたのが、すでに名物男の感もあるバレールだった。

これまでも精力的な発言で、たびたび議事を牽引《けんいん》してきたというのは、ジロンド派でもジャコバン派でもない、あくまで中道平原派の立場を堅持しているからである。それでいて、公安委員会の一席を占めるという特権的な立場もある。どちらの党派からも妨害されず、いうなればバレールは両派の間隙《かんげき》を縫うのである。

――それだけに折衷《せっちゅう》的な発言に流れがちだが……。

ロベスピエールの危惧《きぐ》は的中した。公安委員会の名まで出して、バレールが発議したのは、ひとつには十二人委員会の再度の廃止案だった。

ジロンド派に敗北を強《し》いる内容であるからには、きちんと埋め合わせも示された。国民公会に兵団の徴集の権限が与えられて、それが議場に配備されるべきことを、投票にかけ、正式な決議としたいと持ちかけたのだ。

パリの圧力から武力で議会を守る。何度となく企《くわだ》てられては、そのたび頓挫《とんざ》してきた計画であるが、それを今度は中道平原派の主導でやりたいというわけだ。

——が、ジロンド派さえ失敗してきたのだ。

簡単な成功は望めなかった。事実、ジャコバン派は猛烈に反対した。兵団の徴集と配備など言語道断とすれば、ジロンド派のほうも十二人委員会の再度の廃止を容《い》れなくなる。

バレール提案の審議は紛糾《ふんきゅう》した。またも議会は停滞したと、あるいは言葉を換えるべきかもしれないが、それが途中で寸断された。

午後五時を少しすぎた頃《ころ》だった。折りからの騒々しさも、気配が一段と大きくなった。外で何事か起きたのか、いや、もしや外ではないかもしれないと思ううち、ばんと大きく扉が開いた。窮屈な肌着の口から、無理に手を出し、頭を出しするような印象で、狭い通路を抜けてきたのは、やはりというか赤帽子《ボネ・ルージュ》の群れだった。

驚きはなかった。パリの蜂起が宣言されているからには、パリの民衆、それも今や運動の主体であるサン・キュロットたちが議会に雪崩《なだ》れこんできたからと、別して瞠目《どうもく》するほうがおかしいのだ。

「なんだ、なんだ、なんなんだ、この連中は」

「聞いていないぞ、こんな汚らしい輩《やから》が来るなんて、聞いていないぞ」

「おいおい、入場の許可は得ているのか。おいおい、議長、こんな暴挙を許しておいていいのか」

「弾圧だ。これは明らかに言論の弾圧だ」

「のみか、主権の侵害だぞ。なにせ人民の代表に害を加えようとしているのだ」

様々に言葉を並べて、大袈裟《おおげさ》に騒いではみせるものの、迎えたジロンド派の面々とて、同じく驚いたという風ではなかった。半ば予想していた事態であれば、むしろ用意していた台詞《せりふ》を、ここぞと回している感がある。

――意外に遅かったな。

こちらのロベスピエールはといえば、そうとさえ心に吐露した。

10——パリの請願

意外といえば、人数の少なさも意外だった。なんだか迫力に欠ける。ざっとみても百人は下らない群集で、しかも大きな声を張り上げ、また看板を高く掲げ、槍《やり》まで振りかざしているのだが、それを蜂起《ほうき》の人々だといわれれば、急に拍子抜けしてしまう。

——いや、数ではない。

議会に乱入した群集は、その質においては紛《まご》うかたなき脅威であり、また扱いがたいくらいに危険な存在だった。

実際のところ、赤帽子《ボネ・ルージュ》の集団に目を凝らせば、司教宮殿《エヴェシエ》派をみつけられた。剝《む》き卵のような禿《は》げ頭の僧服は、激昂《アンラジェ》派のジャック・ルーに違いない。ジャン・フランソワ・ヴァルレが隣に同道していたからで、同じく激昂派で聞こえながら、こちらはコルドリエ・クラブにいたことがあり、ジャコバン・クラブに通っていた時期もあったので、顔を覚えている。

——なにをしでかすか、わからない連中だ。

にもかかわらず、過激な食《は》み出し者で片づけるわけにもいかなくなっていた。「蜂起委員会」とか、「革命中央委員会」とか、派手な名乗りは受け流すとして、司教宮殿派の中身は今や単なる激昂派というより、パリ四十八街区《セクシオン》総会と同義になりつつあるからだ。

——これにパリ自治委員会が加わる。

都市政治の権威が加担したからこそ、一部の過激派が起こした暴動でなく、きちんと蜂起になったのだともいえる。が、権威といって、これが穏健かというと、一概に安心できるわけではない。

いや、本来は穏健で、激しく鼓舞されて、ようやく起《た》つくらいであるべきなのだが、これが今のパリ自治委員会では保証のかぎりではなかった。

市長パーシュ、第一助役ショーメットは措《お》くとして、第二助役エベールには御《ぎょ》しがたい感がある。市長ペティオン、第一助役マヌエルに続いた、かつての第二助役ダントンに相当する立場なわけだが、そのダントンに比べても危なっかしい印象があるのだ。

そういう男が動いて、蜂起を起こしたこと自体は、もちろん否定するものではない。

——それでも、暴走させるわけにはいかない。

と、ロベスピエールは思う。あくまで狙いは精神的な蜂起であり、道徳的な暴動であるからだ。暴力で全てを押し流すような運動はうまくない。司教宮殿派も、パリ自治委員会も、その恐れが否《いな》めないなら、きちんと歯止めをかけなければならない。

――頼んだのは、パリ県庁だ。

ロベスピエールは手を回していた。県庁の面々をジャコバン・クラブに呼び出し、諸官による「ジャコバン会議」を設立させたというのが、最初の布石だった。ある種の重石《おもし》として、あるいは燃え上がりすぎた場合の火消し役として、これを蜂起委員会ならびにパリ自治委員会に合流させた。新たに「二十一人委員会」を組織させたのが、今朝《けさ》九時の話なのだ。

人数が絞られたのも、やや迫力に欠けるのも、あるいは乱入の時間が遅れたことも含めて、思えば意外でもなんでもない道理だった。

実際、赤帽子の列のなかには、折り目正しい黒の法服も紛《まぎ》れていた。パリ県庁の面々であり、なかんずく執政理事会の総代リュイリエのいかにも柔和な丸顔がみえていた。であれば、これは暴力ではない。

――尋常な請願だ。

と、ロベスピエールは定義していた。現にリュイリエは、議長マラルメに許可を求めた。きちんと承諾されてから、正しく登壇するという手続きを踏んだからには、無法でも、無秩序でもない、これは尋常な請願なのだ。入場したのも暴徒ではなく、正しき請願者なのだ。

「おらおら、サン・キュロットさまのお通りだ。おまえら、偉そうな顔してんじゃねえぞ」

「議員が、どれほどのもんだってんだ。俺《おれ》たちのいうこと聞かねえんなら、その高いところから今に引きずりおろしてやるからな」

「おまえ、それに、おまえとおまえもジロンド派だったな。議会が俺たちのいうこと聞いたとしても、おまえらだけは、やっぱり引きずりおろしてやる」

そのまま処刑台まで引っぱっていってやる。口々に叫びながら、赤帽子は大騒ぎを止《や》めなかった。オーエス、オーエスの掛け声を合わせながら、長々と列を組み、ぐるぐる議席の間を小走りに駆けながら、あちらこちらで槍の穂先を突きだすような真似《まね》までしていた。が、その先には請願文が挟まれているのだ。

リュイリエが「二十一人委員会」を代表して、つまりはパリ四十八街区総会、パリ自治委員会、パリ県庁の権威と実行力を背景に、まず試みたのが前議長イスナールの脅迫に対する抗議であるはずだった。

責められるべき暴力は相手にこそあると明示したあげくに、議会に届けた請願というのが、十二人委員会の廃止、ルブラン、クラヴィエールら閣僚の告発、食糧徴発のための中央革命軍の創設、全国一律のパン価格の決定、軍隊で指揮権を振るう全ての貴族の解雇、サン・キュロットの武装を目的とする武器工場の設立、全ての行政官庁における綱紀粛正、反革命の疑いある者の検挙、選挙権をサン・キュロットのみに与える暫定的《ざんていてき》な制限、祖国の防衛者の身内に対する手当の支給、老人ならびに身体障害者の救済、等々、等々なのである。

やはり声など聞こえなかったが、内容は間違いないはずだった。それこそはジャコバン派の肝《きも》煎《い》りで作成させた、ジロンド派に対する告発状に他ならないものだったからだ。それを国民公会に届けて、あくまでも請願活動なのだ。

「………」

リュイリエが壇を降り、請願の段取りが済んでも、請願者たちは退場しようとしなかった。といって、ぐるぐる駆け回るまでもない。

なにをするつもりなのかと議員たちが注視していると、赤帽子の群れは議席の間の階段通路を上り始めた。落ち着いたところが最も高いところ、その命名の由来となったところで、つまりは山岳派の議席のそばだった。

どっかりと腰を下ろし、ざわざわ私語まで始める段になれば、そのまま居座り、議事を監視しようという腹は明らかである。

「おいおい、どうなってるんだ」

「請願が済んだのなら、さっさと出て行け」

「ここは議席だぞ。本来、議員だけに許されている神聖な場所なんだぞ」

ジロンド派は激怒した。それまで割に平静を保っていたものが、俄《にわ》かに耳の先まで赤くしながらの激昂である。土台が部外者の議場立ち入りを、極端に嫌っていた党派である。こだわるのも請願の是非より、そこになる。

「とにかく、議席から出ていけ」

「議場に留《とど》まりたいなら、傍聴の許可をとれ。そうしてから、傍聴席に行け」

「傍聴席は狭いだと？　知ったことか。だったら、適正な人数まで削ればよかろう」

「というか、出ていけ。傍聴するにしても、あらかじめ許可を取る決まりだ。それを守らなかったからには、はじめから暴徒なのだ。文字通りの無法者なのだ」

もちろん、パリの連中とて、やっつけられるままではない。

「うるさい。話をごまかすな。俺たちの請願を聞くのか、聞かないのか、そこんところを、きちんと審議しやがれってんだ」

「おおさ、細かいことばっかり突《つつ》いて、大事なところは誤魔化《ごまか》そうとする。いつだって、そんなだから、おいらたちが睨《にら》みを利かせていなきゃならねえんじゃねえか」

「ああ、おまえらジロンド派こそ、いい加減逃げるんじゃねえ」

素直に反省する玉でなく、ジロンド派も頭に血を上らせるばかりだ。

「馬鹿らしい。さっきの請願など無効に決まっているではないか」

「ああ、審議するに値しない。ああ、議事を戻せ。バレール提案の審議に戻せ。そもそもパリの請願など不当な割りこみにすぎなかったのだ」

「いや、それこそ『睨み』なんか利かされちゃあ、どんな審議もできなかろう」

それは特別な印象を伴わせる声だった。なかんずく、ヴェルニョーが立ち上がっていた。ああ、暴力だ。言論の自由を力で抑えつけようとする。秩序を無視して自分の利益だけをゴリ押しする。これぞ典型的な暴力に他ならないではないか。

「まずいな」

と、ロベスピエールは小さく呻《うめ》いた。

11――ヴェルニョー

それは弁論の才を謳《うた》われ、今や議会随一の呼び声も高い男だった。

ミラボー、バルナーヴと続いた雄弁家の系譜を今に受け継ぐ、掛け値なしの大物こそが、この桃色の鬘《かつら》を逆立てた清々《すがすが》しい好漢こと、ピエール・ヴィクトゥルニアン・ヴェルニョーなのだ。

――苦手だ。

率直なところ、そうした思いもロベスピエールにはあった。

ヴェルニョーに喋《しゃべ》られては、うまくない。雄弁家の卓抜した言葉は、ほんの五分の演説で根こそぎ議会の空気を変える。ジャコバン派に傾きかけた平原派《プレーヌ》の好意なども、まさに捥《も》ぎ取る勢いで攫《さら》っていく。だから恐ろしいという以前に、苦手だ、どうにも苦手だと、ロベスピエールは息苦しいような思いに襲われるのだ。

――劣等感ゆえか。

それもあると、認めないわけではない。が、認められるだけ、ロベスピエールにはある程度の自信もあった。ああ、言葉なら私にもある。サン・キュロットに働きかけることにかけては、ヴェルニョーより上だとさえ自負がある。仮に何歩か譲るとしても、ブルジョワの選挙人や、あげくに選ばれた議員たちに向かっても、一定以上の力を振るえる。単に優劣だけだとすれば、これほどまでに息詰まる思いはないはずなのだ。

――恐らくは言葉の質が違う。

だから、苦手だ。肌に合わない。もっといえば、嫌悪《けんお》を覚える。自分の価値をまっこう否定されるようで、憎悪さえ禁じえない。

――例えば、だ。

ロベスピエールは原稿を用意する。多忙を極め、どれだけ前夜が遅くなっても、演説の予定があれば、いや、たとえなくとも、発言する意欲と決意があれば、必ずやペンを取り、あらかじめの原稿を用意しないでは済まされない。

しかも何度も推敲《すいこう》する。加筆を施し、あるいは大きく修正し、そのために清書しなおさなければならないことも少なくない。

――それだからこそ、自信が持てる。

現にかなりの影響力も振るえる。言論こそ我が使命と矜持《きょうじ》も持てる。ところが、なのだ。あちらのヴェルニョーときたら、原稿などろくろく準備もしないのだ。

――即興に近いにもかかわらず……。

その演説は人々の心を捕える。手品のようなものだと扱《こ》き下ろしたい気持ちもあるが、即興に近いからこそ閃《ひらめ》きがあり、あるがゆえに言葉は鮮やかな色を帯び、あげくに雄弁家の誉《ほま》れをほしいままにするのだと思い返せば、いよいよロベスピエールは釈然としないのだ。

劣等感でないとしても、これは嫉妬《しっと》か。自分が苦労して仕上げる仕事を楽々こなされてしまい、羨《うらや》ましく思うあまりに許せないのか。それこそ才能の違いだとするならば、卑怯《ひきょう》と罵《ののし》りたくなる感情の正体は、やはり劣等感なのか。いや、待て。やはり優劣の問題ではない。

――これは善悪の問題だ。

とも、ロベスピエールは感じていた。

プロヴァンス出身のミラボー、ドーフィネ出身のバルナーヴ、そしてボルドー出身のヴェルニョーと、思えば雄弁家と呼ばれる男たちは、皆が南フランスの出身だった。

――南の人間は深く考えることをしない。

北の人間として、ロベスピエールは一種の軽蔑《けいべつ》さえ覚える。質実剛健な中身では、決して負けないと思うからで、最後は必ず勝つとの信念も揺るがない。が、そうした正直者が、しばしば馬鹿をみさせられるのだ。空虚なものに、しばしば上前《うわまえ》を撥《は》ねられるの

うのだ。南の言葉は軽やかな歌さながらの華やかさで、人の心ばかりは巧みに籠絡《ろうらく》してしま

正義がないなら、それは悪だ。理想がないなら、ペテンでしかない。保身だけなら、すでにして詐欺だ。

——だから、悪だ。

同じ論客も北フランス出身のブリソやペティオンなら、落ち着いて迎えられる。自分のほうが上だと自惚《うぬぼ》れるつもりはないながら、それならば正面から受けて立とう、全力で立ち向かおうと、まっすぐな闘志に駆られる。

それが、相手がヴェルニョーになると、たちまち平静でいられなくなる。苦手だ、卑怯だ、許せないと、嫌悪や憎悪が先に立つ。

「かかる有様である以上、この場所において我々は自由ではありえません」

自分の議席で起立すると、そのままの場所でヴェルニョーは始めていた。言葉遣いが漠然としている。自由といって、なんの自由か、きちんと限定されもしない。それでも単に「自由」と言い切ることにより、なにか決定的な印象が生まれてしまい、現に議場が支配されたことがわかる。

——まずい。

いや、ずるい。これは歯がゆい。やはり許せない。そう心に続けながら、ロベスピエ

ールは身構えた。合わないからには、論戦になったところで嚙《か》み合わない。それでも逃げれば、私の負けだ。どうでも負けなければならない相手だとは思えないからには、やはり戦わなければならない。覚悟を決めるしかないかと思いきや、である。

ヴェルニョーは続けた。ええ、請願者だかなんだか知りませんが、こんな風に議場を占拠するならば、すでにして暴徒と違いありません。武器まで振り回して、白々しいにも程がある。ええ、ええ、こんな場所で、まともな議論になるわけがないんだ。

「仕方ありません。さあ、皆さん、退場いたしましょう」

呼びかけるが早いか、ヴェルニョーは本当に席を離れた。すたすた廊下に向かう背中を追いかけるようにして、バラバラと少なからずが一緒に退場してしまった。

これまた驚くべきではなかった。審議拒否も、またジロンド派の十八番《おはこ》なのだ。いや、結果として議長の座を奪われた昨日の失敗あるがために、ジロンド派の全員が出ていったわけではなかった。安直に多数決に持ちこんで、ジャコバン派が勝てる形勢からは遠い。ああ、まだジロンド派は沢山いる。しかし、ヴェルニョーは出ていった。

――ホッとした。

胸を撫《な》で下ろした直後に覚醒《かくせい》した。こうしている場合じゃない。

「今だ」

と、ロベスピエールは呟《つぶや》いた。今が議会を動かす好機だ。ヴェルニョーがいない間なら、それができる。苦手意識から解放されて、もう私は自分の言葉を存分に駆使することができる。ああ、このまま中道平原派を、一気に説得してしまうのだ。

——できなければ、もう言葉がやりうる仕事もなくなる。

すでにパリは蜂起《ほうき》しているからだ。現実の恐怖として、議会に圧力を加えているからだ。が、実際に暴力を加えては、議会政治の否定になる。

精神的な蜂起、道徳的な暴動の内に留《とど》めたいなら、言葉で議会を動かせる今が最後だった。ああ、北の鈍重な言葉でも、しっかり響く今が最後だ。ヴェルニョーの軽やかに飛ぶがごとき南の言葉に邪魔されない、今が本当の最後なのだ。

ああでもない、こうでもないの応酬は続いた。ただヴェルニョーが退場した流れで、ひとつ区切りがついた格好になり、議席に居座る赤帽子《ボネ・ルージュ》を執拗《しつよう》に責める運びにはならなかった。かわりといおうか、届けられた請願について審議されることにもならない。

議事はバレール提案の審議まで戻された。さすがの議長マラルメもジロンド派の猛攻に折れたわけだが、早速これに噛みついたのが、ジャコバン派のシャボだった。ああ、上等だ。それなら、さっさと終わらせてしまおうではないか。決を採ってしまおうではないか。

「それも私は指名点呼を求める。バレール提案の可否は指名点呼で決を採ることにしようじゃないか。そうすれば、どこの誰が議場を出ていったのか、一目瞭然《いちもくりようぜん》にもなろう」

シャボとしては、ヴェルニョー一派の態度を責め、そうすることでジロンド派を牽制《けんせい》するつもりだったのだろう。が、だから、それでは駄目なのだ。投票にかけたところで、ジロンド派が多く残る議会では、まだ我々は勝てないのだ。

「私は反対だ。決を採る前に、いいたいことがある」

ロベスピエールは飛びこんだ。他の希望者を押しのけて、半ば強引な登壇だった。いや、市民諸君、今日という日を無駄な空騒《からさわ》ぎで失うことは避けよう。より実りある措置を講じることに使おう。というのも、私が思うに今日という日は、愛国主義が専制主義と戦う最後の日となるからだ。

「人民の忠実なる代表者たちは、ここに人民の幸福を定かならしめるために集まっている。であるからには……」

そこで言葉が切れた。ロベスピエールは刹那《せつな》に息が詰まっていた。演壇に登っていればこそ、一番にみてとれた。議会通用口の扉が再び大きく動いていた。

「ヴェルニョー……」

12――告発命令

目に飛びこんできたのは、確かに桃色の鬘《かつら》だった。仲間と一緒に退場したはずの雄弁家が、拒否したはずの議場に舞い戻ってきた。茫然《ぼうぜん》たる呟《つぶや》きさながらの口調で、ロベスピエールは思わず質《ただ》した。

「なぜだ」

演壇からは距離もあり、その言葉が聞き取れたとは思えないながら、様子から自《おの》ずと察せられたのだろう。ヴェルニョーは場違いに思われるほど潑剌《はつらつ》たる声で答えた。

「自由を証明しなければならないからです」

颯爽《さっそう》たる足どりで議席に戻る間にも、その軽やかな言葉は流れた。ええ、私は愚かな真似《まね》をした。議場を出たのは間違いだった。

「なんとなれば、国民公会《コンヴァンシオン》は自らが自由であることを、自ら証明しなければならない。いったん戦いが起きてしまえば、その帰趨《きすう》はどうあろうと、どのみち共和国の滅亡になってしまいます。ならば我々は全員で議席を守り、そうして死ぬことさえ、あらかじめ誓っておこうではありませんか」

さすがは噂《うわさ》に高い雄弁家である。が、よくよく考えられた言葉ではない。少なくとも、その言葉には無責任な省略がある。論法にも乱暴な飛躍が否《いな》めない。比喩《ひゆ》にしても大袈裟《おおげさ》だ。ああ、ヴェルニョー、あなたは国民公会を代表するわけではない。あなたが自ら証明することと、国民公会が自ら証明することは同義ではない。ジャコバン派もまた国民公会の議員なのだ。

それにヴェルニョー、政争が祖国を滅ぼすと、常に決まるわけではない。何も生まない妥協ばかり繰り返したがため、かえって真綿で首を絞めるようにして、国を駄目にしていくという話もある。

最後にヴェルニョー、議席に座り続けることは、なんら英雄的行為ではない。命をかけるというならば、それも含めて議員たる身には、ほんの最低限の義務でしかない。

――だから、さすがに弁が立つ。

滅茶苦茶《めちゃくちゃ》な言葉であれ、議会は魅了されていた。とたんに空気がヴェルニョーに流れたことも、容易に知れた。それだから、なおのことだ。少なからず焦りながら、ロベスピエールは問答無用の排除を試みるしかなかった。ああ、ヴェルニョー、なにを今さら。

「議会を逃げ出したような輩《やから》が、なにをいう。審議を放棄しておきながら、おめおめ戻ってきたような輩に用などない」

肩を竦《すく》めてみせてから、ヴェルニョーは議長席に目を移した。

「議長、発言を求めます」

その頬《ほお》には薄笑いまで浮かんだ気がした。明らかに馬鹿にしている。なにより、私の言葉を無視している。ならば、私も無視するまでだ。

惚《とぼ》けた風を装いながら、ロベスピエールは強引に先を続けた。ええと、どこまででしたか。ああ、祖国を救うのは無意味な空騒ぎではないというところ。

「ええ、バレール以下の公安委員会は、いくつかの方策を提案してくれました。そのひとつ、十二人委員会の廃止には私も賛成いたします。しかし、かかる措置だけで祖国を案ずる友人たちを十分に満足させたとは、とてもじゃないが思えないのです。十二人委員会が廃止されても、裏切りの道は途絶えません。というのも、この有益な法令は、いったん可決しているのです。それが反故《ほご》にされているのです。暴政の魔手が愛国者の頭上に、重くのしかかっているということです。それならば、今回も十二人委員会の廃止はよいとして、しかし同時に当該《とうがい》委員会を再建せしめた面々に対しては、より強力な措置がとられるべきでしょう。その措置についても、頭を悩ませる必要はありません。さきほど意見を表明した請願者たちは、すでに諸君らに進むべき方向を示した格好だからです」

バレール提案の是非を論じているとみせかけつつ、話をリュイリエが代表して行った「二十一人委員会」の請願まで持っていく。昨夜に仕上げた演説原稿と、午前来の展開を合わせて考えなおし、昼休みに大急ぎで草稿を書きなおした、それが用意の戦法だった。

咳払《せきばら》いしながら、ロベスピエールは演台に開いた紙を整えた。

「議会の権限における議場への配備が提案された、件《くだん》の兵団についていえば、公安委員会が表明した愛国的な動機の正しさは認めないではないのですが、なお私は抵抗感を禁じえません。その国民公会に配備される兵団というのは、実際のところ、誰のことをいうのですか。自由を裏切りながら、なおかつ今も議会に居続ける卑劣漢どもがいます。そうした輩に抗して自由を守るべく、やむなく武装した市民たちのことでしかありえないでしょう。そも国民公会の議論というものは、ぜんたい誰を頼みになされるべきなのですか。パリによって告発された人々に？　いや、そうではありますまい。卑劣漢どもの策略で、議論があらぬ方向に誘導されてしまうという前例は、何度も経験していることです。いや、危ない。今日という今日は騙《だま》されないようにしたいものです。まさに自由を守るべく決起した、蜂起の首謀者たちがいます。それを直《ただ》ちに訴追せよなどという提案に、耳を貸すような愚挙だけは、慎みたいものだといっているのです。兵団の配置なんて、とんでもない。蜂起を罰したい連中に、ご丁寧《ていねい》にも弾圧の魔手を提供してあげるようなものだ。それは不条理ではありませんか。そも公安委員会が提案した措置は、諸君らが採用しうる唯一の処断ではありません。先刻の請願者たちとて、公《おおやけ》の利益を救済するに足る提案をなしているのです。それを無視して、前者の提案に賛成する気になれないというのは、このままでは軍隊を裏切りから遠ざけることができないからなのです。第一に取りくむべきは、軍隊の浄化だ。そのためには……」

「結論をいいたまえ」

議場を縦に駆けたのは、果たしてヴェルニョーの声だった。長々と続きはしたが、その割にロベスピエール君、なにをいいたいのかみえてきません。ですから、ここは簡潔に、わかりやすく、あなたの結論を聞かせてほしい。

警鐘《けいしょう》の音が大きくなった。テュイルリ宮のなかでも鳴らされ始めたのかと思ったほどだ。そのように感じられたのは、俄《にわ》かに議場が静まりかえったからだった。

ヴェルニョーの言葉は再び議場を魅了した。大いなる共感をもって、強く頷《うなず》かれもしている。が、なんなのだ、その言い草は。ろくろく根拠もないような乱暴な思いつきにもかかわらず、ぽんと結論だけ放り投げ、その驚きで皆の目をくらますような話法は、卑怯で、なにより不誠実きわまりない。言葉を用いる者として信念があるからこそ、ひとつひとつを組み上げて、私は丁寧に話をしようとしているのだ。それを捕まえ、結論をいいたまえだと。話が下手《へた》だとか、あるいは頭が悪いとかいうような印象を聞く者に与えて、そうするだけで論戦を制しようという狡猾《こうかつ》かつ横着な了見が、この期《ご》に及んで通用するだと。

議場が静まりかえったのは恐らく、さすがの鈍感な議員たちも、一通りでない怒りを察知したからでもあるだろう。私を馬鹿にするな。ヴェルニョー、きさまだけは許さない。ああ、わかった。それならば、これから結論だけを述べよう。

「それはヴェルニョー、君に対する結論だ。

八月十日の革命ののちに、これをなした人々を死刑台へ誘《いざな》おうとした君に対する。

パリを破壊するよう挑発し続けた君に対する。

暴君を助けようとした君に対する。

デュムーリエと一緒に陰謀を企《くわだ》てた君に対する。

デュムーリエがその首を要求していた愛国者たちを、いっそう激しく追及していた君に対する。

多くの罪を犯し、かくて罪深くある君に対する。

よろしいか。私の結論とは、デュムーリエの共犯者に叩《たた》きつけられる告発命令だ。また請願者が名前を挙げた者どもを洩《も》らさず縛り上げる告発命令だ」

自分の声が狭い議場に、きんきん響いているのはわかった。それが聞き苦しいものであるとも承知していた。それでもロベスピエールは止めることができなかった。ああ、許さない。絶対に許さない。なにがあろうと、ヴェルニョー、おまえだけは許さない。どんな手を用いようとも、ジロンド派、おまえたちだけは追放してやる。

13――ダントンの軽口

それは鬘《かつら》を直していたときだった。

いや、ほとんどの作業を終えて、もう鬘師は刷毛《はけ》で余計な白粉《おしろい》を払っていた。その間にエレオノールが上着にブラシをかけて、いつでも出かけられるようにしてくれているという、それはロベスピエールの下宿でほぼ毎夕繰り返される決まり事、あるいは一種の儀式のようなものだった。

実際に出かけるところで、これからジャコバン・クラブである。

五月三十一日も議会が散会になると、いったんはデュプレイ屋敷に戻った。が、大急ぎで食事を済ませれば、あとはホッと息を吐《つ》く間もない。ああ、こうしてはいられない。ロベスピエールは腕を後ろに伸ばすような格好で、エレオノールに今にも上着を着せてもらわんばかりだったのだ。

そこで大きな影が戸口に立った。部屋に入ってきたのは、いきなりのダントンだった。

もちろん勝手に入ってきたわけではない。ダントンには一緒に家主が付き添ってきた。が、ロベスピエールとしては、なおも首を傾《かし》げずにはいられなかった。あらかじめの取り次ぎもなく、いきなりの入室を許すなど、いつものモーリス・デュプレイらしくない。

もっとも、非常時だった。なんといっても、パリは蜂起《ほうき》しているのだ。夕闇《ゆうやみ》の刻《とき》を迎えて、いっそう物々しい感を増した気配は、このサン・トノレ通りにも絶えず押し寄せているのだ。

今のところ戦闘は行われていないが、国民衛兵だの、武装市民だのが往来を我が物顔に闊歩《かっぽ》して、いつ、なにが起きても不思議ではない。

国民公会《コンヴァンシオン》の結論は納得できるものではなかった。ロベスピエールを先頭にジャコバン派は奮闘したが、十二人委員会の廃止を獲得するので精一杯だった。

無論そこで満足するつもりはなく、急先鋒《きゅうせんぽう》のビヨー・ヴァレンヌなど、さらなる巨悪の追及を呼びかけたが、ここで三十一日の議会は終了となった。

「陰謀を追及すべし」

そうしたバレール提案に、お茶を濁された格好だった。「巨悪の追及」という考え方が容《い》れられたといえば容れられたが、国民公会が同意したのは陰謀の追及という、あまりに漠然とした、司教宮殿《エヴェシェ》派の蜂起を指すものなのか、はたまたジロンド派の策略を指すものなのか、それすら明示されない文言《もんごん》だったのだ。

まだまだ予断を許さない状況だった。明日以降の審議でどう巻き返しを図ってくるか、ジロンド派の出方もわからない。

ジャコバン派の方針が固まっているわけでもなく、だから安穏《あんのん》としてなどいられない。仲間と議論を尽くすことで、早く煮詰めなければならない。

この混沌《こんとん》たる政情において、またダントンも鍵《かぎ》を握るひとりだった。議員は街に繰り出して、この際は人民と交歓するべきだぜ。議会には、そう本気とも冗談とも取れない台詞《せりふ》を投げていたが、もちろん陰で動いていないわけがない。

もとより、公安委員会に席を占める有力議員である。そういう男に訪ねてこられたとなれば、家主としても玄関先に待たせきりにはできなかったのかもしれない。危急の用件だと告げられれば、あるいは慌てて、かえって巨漢の背中を押す勢いだったのかもしれない。

――それにしても、だ。

鬘師が会釈ながらの後退で部屋を辞した。その間にロベスピエールは、再び怪訝《けげん》な顔になった。

解《げ》せないのは、どことなくだが、雰囲気が明るいことだった。豪放磊落《ごうほうらいらく》なダントンの陽気は、いつもながらといえば、いつもながらの話である。が、厳《いか》めし顔を常とするデュプレイ氏までが、このときばかりは今にも頬《ほお》を綻《ほころ》ばせそうだったのだ。

「これは、これは、奥さん、失礼いたしますよ」

部屋奥に歩を進めながら、ダントンの第一声がそれだった。「奥さん」というのは、居合わせたエレオノールを茶化したものだ。確かに男に上着を着せてやるというような、かいがいしい様子ではあった。なにより下宿の娘は目尻を赤らめ、さっと顔を伏せてしまった。

「おっとっと、こいつは、いくらか気が早かったかな」

ダントンのほうは、なおも惚《とぼ》けた軽口だった。しかも誰あろう、父親であるデュプレイ氏に、わざわざ向きなおりながらだ。いや、すいません、すいません。ここは平に御容赦いただきたい。

「ただ、ご主人、もし見当外れも甚《はなは》だしいってんなら、ははは、いくらか注意したほうがよろしい。というのも、パリの巷《ちまた》が囁《ささや》くところの声をいえば、です」

そこでダントンは家主の耳元まで身を屈《かが》めた。ええ、御宅《おたく》のお嬢さん、もう「マドモワゼル・デュプレイ」じゃなくなってる。とっくに「マダム・ロベスピエール」だ。いくらか声まで低めながら、ロベスピエールにも、恐らくはエレオノールにも、なお十分に聞こえる大きさであれば、いよいよもって、わざとらしい。にもかかわらず、モーリス・デュプレイは怒らないのだ。

ダントンは続けた。ははは、ははは、もし御不快であったなら、小生まで御一報ください。

「根も葉もないデマを広げるような輩《やから》は、この拳骨《げんこつ》で即座に成敗してみせます」

「いえ、拳骨だなんて、そんな……」

そう引きとり、デュプレイ氏ときたら怒る様子もないどころか、いよいよ相好《そうごう》を崩すのだ。

「なに、どのみち鉄拳制裁は行うのです。マドモワゼルとか、マダムとかいう語は、あまりにアンシャン・レジーム的ですからな。今はシトワイエンヌ（女性市民）といわなければならない。シトワイエンヌ・デュプレイにせよ、シトワイエンヌ・ロベスピエールにせよ」

家主が噴き出したのは、あるいはダントンが続けた下手《へた》な冗談にだったのかもしれない。が、いずれにせよ、ロベスピエールとしては苛々《いらいら》しないでいられなかった。耳の先まで赤らめながら、エレオノールが顔を伏せたままであれば、なおさらのことだ。

父親は父親として、娘は娘として、それぞれの反応にも無理からぬ事情はあった。

ジャコバン派の議員にルバという青年がいる。パ・ドゥ・カレー県の選出議員だが、昔の州に準《なぞら》えるなら、やはりピカルディの一角に含まれる。

ロベスピエールとは同郷で、実際のところ、一七九一年に帰省したときからの付き合いだった。そのときの遊説《ゆうぜい》を聞きにきた、地元ジャコバン・クラブの熱心な活動家こそ、このフィリップ・フランソワ・ジョゼフ・ルバだったのだ。

いうなれば、サン・ジュストあたりと同じ手合いである。国民公会の議員に当選すれば、いよいよパリのジャコバン・クラブの門を叩《たた》き、我が先達《せんだつ》と仰ぐロベスピエールの下宿にも訪ねてくる。ほとんど通うくらいの勢いで、デュプレイ屋敷の常連になるにつれて、その家族とも親しくなるのは当然の運びである。

なかんずく、下の娘のエリザベートだった。ルバの求婚は容れられ、この夏にも二人は挙式するという。かかる縁談に恵まれれば、デュプレイ氏の頬も弛《ゆる》みがちになる。それなら上の娘にも良縁をと、ついつい想像してしまう。それを余人に言い当てられもすれば、いっそう楽しくなるのである。

かたわら、エレオノールにしても年頃《としごろ》である。意識しないでいられない。妹のほうが先に結婚するとなれば、姉として焦らないわけでもないのだろう。それでも、だ。

――今の私には、かかずらっている余裕がない。

今は政治のことだけだ。他のことは考えられないし、また考えるべきでもないと思う。ロベスピエールは知らず断ち切るような口調になった。

「悪いが、あまり時間がない。これからジャコバン・クラブに行かなければならない」

14――公安委の凶報

恐らくは不機嫌に響いたからだろう。ロベスピエールの部屋は急に静かになった。その声を浴びせられた二人の男は、二人とも瞬時に表情を変えた。笑顔を片づけ、数秒ほど互いに顔を見合わせてから、ダントンが改めた。

「公安委員会を代表してきた」

それからデュプレイ父娘に目を向けたのは、無言ながらも断りを入れたということだろう。内密な話になると。高度に政治的な話であると。どうかロベスピエールと二人だけにしてほしいと。

いち、に、さんと数えるうちには、音もなく部屋の扉が閉じられた。さらに数歩だけ奥に進むと、立ったままでダントンは始めた。

「なあ、マクシム、本気で大変なことになってるぜ」

「なにを今さら。パリは蜂起《ほうき》した。そのことを知らぬ者はない……」

「パリの話じゃねえ。フランスの話だ。公安委員会には次から次と凶報が飛びこんできやがる」

「凶報というと」

「まずは戦争だ」

やばいぞ、とダントンは脅《おど》すような調子で打《ぶ》ち上げた。マインツに進駐しているフランス軍は、その奪還を目論《もくろ》む敵軍の包囲にさらされ、今や風前の灯《ともしび》だ。もはや低地地方のオーストリア領、それにライン地方からの完全撤退を覚悟せざるをえない段階だ。国境の最後の防衛拠点ヴァランシエンヌにしても、イギリス・オランダ連合軍に攻められて、すでに陥落の事態が見え隠れしている。南フランスに展開する軍勢も、後退を繰り返すしかなくなった。西からはスペイン軍の侵攻が、今にも開始されそうだからだ。東でも革命に共鳴していたはずのサヴォワが、反フランスに転向した。そのためアルプス駐留のフランス軍は完全に孤立、文字通りの飢餓を強《し》いられている。カリブ海のフランス海外植民地にいたっては、イギリス海軍に襲われるがままになっている。

総がかりで近隣諸国から攻められている戦況を、続けるほどに大きくなる声の迫力で印象づけながら、さらにフランスの不幸はとダントンは畳みかけた。

「ヴァンデの反乱も勢いづくばかりなことだ」

三月、ヴァンデ県に始まった反乱も、ロワール・アンフェリユール県、モルビアン県、イール・エ・ヴィレーヌ県、コート・デュ・ノール県、フィニステール県と、みるみる西部を席捲《せっけん》しながら、すでに内乱の体《てい》になって久しかった。

王党派の貴族と、ローマ・カトリックを奉じる宣誓拒否僧と、反ブルジョワ感情を隠さない農民でなる軍勢は、ラ・ロシュジャクラン、ボンシャン、サピノ、デルベと優れた指揮官に恵まれたこともあり、思いのほかに強かったのだ。

こちらの共和国とて、マルセ、ベリュイエ、カンクロー、ケティノー、ビロン、ヴィムフェン、そしてサンテールと名だたる将軍を送りこんだ。が、正規軍として、俄《にわ》か仕立てのヴァンデ軍など蹴散《けち》らしてみせるどころか、容易に戦果を挙げられなかった。

五月以来、攻防の焦点となったのが、ヴァンデ県の東部の都市フォントネ・ル・コントだった。共和国軍の奮闘で、十六日にはヴァンデ軍を敗退させることに成功、この戦勝をきっかけに内乱の事態は収束し、あとは一地方の反乱として一気に鎮圧するのみと思われた。が、それも束《つか》の間《ま》で、二十五日にはヴァンデ軍に奪還されてしまったのだ。

「これは本当の速報なんだが、昨日三十日にはなんとかな、共和国軍がフォントネ・ル・コントを取り戻した。とはいえ、このまま保持できるものやら。まだまだ一進一退の状況だ」

「そうか」

「ああ、内乱には、まだまだ苦しめられることになりそうだぜ。こんなときに、ジロンド派までやりやがったからな」

「まさか、地方の都市か」

質《ただ》してみると、ダントンは舌打ちながら頷《うなず》いた。ロベスピエールは自分の左の掌《てのひら》に、右の拳《こぶし》を打ちこんだ。やっぱり、ボルドーか。マルセイユに続いて、ボルドーまで反パリの旗幟《きし》を鮮明にしたわけだな。

「ヴェルニョーの奴《やつ》め」

このジロンド派の要人が五月四日付で、ボルドー市、ならびにボルドレ地方に、あたかも反乱を教唆《きょうさ》するかの手紙を送りつけたことは、紛《まぎ》れもない事実である。

「本《もと》を正せば、パリに対抗するための地方重視は、ロラン、というよりロラン夫人あたりの発想らしいがな」

「しかし、少なくともボルドーについては、ヴェルニョーのせいだろう」

「ボルドーだけじゃねえ。リヨンだって、まずい」

「リヨンだって。なにを馬鹿な。あそこは革命の先進地だぞ」

あるいは食糧問題と救貧対策の先進地というべきか。ジャコバン派が市政を握るリヨンでは、すでに四月九日の段階で革命軍、つまりは食糧徴発隊の設立が宣言されていた。市長シャリエの指導によって、実際に五月三日には発足、二十六日には貧困層を隊員として雇用するとともに、その維持費を富裕層に課する特別税で賄《まかな》うという画期的な方策さえ、実行に移したはずだった。

まさに手本として、これにパリも見習うべきだと、ロベスピエールは機会あるごとリヨンを引いて、力説していたほどなのだ。

「ところが、そのシャリエ市長が投獄されたらしい」

ロベスピエールはすぐには答えられなかった。大きな顔で大きく頷き、ダントンは冷淡に突き放すようにも感じられる口調だった。ああ、改革派の市長は逮捕された。リヨンじゃあ、一種の政変が起きたようだ。

「今はジロンド派と、それに王党派が、市政の実権を握っている」

「ちょ、ちょっと待ってくれ。ジロンド派はともかく、王党派というのは……」

「ありえないと思うかもしれないが、それがリヨンでは起きたんだ。ヴァンデの反乱の要素が、紛れこんじまったんだな。ああ、フランスは広いんだ。各地でいろんな組み合わせが起こる」

「にしても、ダントン、それは本当の話なのか」

「政変は二十九日だってえから、これまた速報だ。リヨンなんて、遠い遠い南フランスの話でもあれば、未確認情報に近いともいえるが、そこは公安委員会に届けられた報《しら》せだ。俺《おれ》は信じられると考えている。蓋然性《がいぜんせい》も高いしな」

「蓋然性が高い？　どういうことだ」

「リヨンも商業都市だ。伝統的にブルジョワが強いのさ」

「とはいうが、ブルジョワが強いのはリヨンだけの話じゃないぞ」

「その通り、ジロンド派の働きかけで、実はノルマンディなんかも危ねえ」

「ノルマン……」

まさにパリの、すぐ北である。そんな間近で反乱など起こされたら、いや、それこそジロンド派の蜂起など宣言されたら、そのときパリはどこまで持ち堪《こた》えられるものか。内憂外患のフランスで、ただでさえ対応に追われているというのに。

ロベスピエールは絶句した。呆然《ぼうぜん》としたところ、ダントンはその大きな手で、こちらの肩を叩《たた》いてきた。

「だから、マクシム、こんなことしてる場合じゃねえ」

「こんなこと？　どんなことだね」

「この愚にもつかない政争に決まってる。こんなことしてたって、なんにもなりゃしねえぜ。してるかぎり、議会は機能停止なんだから、フランスはますます悪くなる……」

「ダントン、それはジロンド派に諭《さと》すべき理屈だろう」

覚醒《かくせい》するや、ロベスピエールは一番に叩き返した。ダントンは数年来の同志だ。が、それと同時にジロンド派とも、かねて親交あつかった男なのだ。

公然と手を結んだ時期もあれば、陰で通じていた時期もある。ダントンが話のなかで何度も持ち出す公安委員会といえば、同じ委員のバレールも議会では妥協的な発言に終始している。全体に目配りする立場といい、右でも左でもない中道平原派《プレーヌ》だからというが、その実はダントンが後押ししているのだとも噂《うわさ》がある。ジロンド派とつながっているダントンが、である。

ははあ、そういうことかと、ロベスピエールは思いついた。穏便な手打ちにもっていけまいかと、さては連中に頼まれたということか。

15——ダントンの願い

ロベスピエールが看破した通り、関係は今も続いているようだった。それでもダントンの答えは、こちらの予想を微妙に裏切るものではあった。そうか、ジロンド派に諭《さと》せか。なるほど道理といえなくもないが、連中なら、いっても無駄だ。

「実際に無駄だったしな」

和解を持ちかけたのはダントンのほうで、ジロンド派に手打ちの頭などはない。明かされてみれば、それも真実らしく思われた。

なるほど、ジロンド派は頑《かたく》なだ。あれだけ優柔不断な政治をする輩《やから》が、どうしてと首を傾《かし》げてしまうほどで、その態度は依怙地《いこじ》でさえある。

ロベスピエールは妙に納得できた。が、それだからと、ダントンの勧めを容《い》れられるわけではなかった。

「それなら、ダントン、この私にだって諭してくれるなよ」

「しかし、他にいねえんだ。マラ先生となると、あれはイッちまってる御仁《ごじん》だろう。ジロンド派とは別な意味で、諭すなんてこたあ考えられねえし」

「だからといって……」

「なあ、マクシム、このままだと、フランスは終わりだぜ。そこはヴェルニョーの兄ちゃんが、サロンなんかでよく零《こぼ》している通りさ。革命と反革命の対決で、戦争に、反乱にと、土台がフランスは内憂外患の体《てい》なんだ。これにパリと地方の対決、中央集権主義と連邦主義の対立まで加わるんじゃあ、もうバラバラになっちまうのも時間の問題さ」

「………」

「あんたがヴェルニョーを毛嫌いしているのはわかるが……」

「毛嫌いなどしていない。そんな低俗な了見からいうのじゃない」

「別に低俗じゃないぜ。カミーユの奴《やつ》だって、ブリソが嫌いだから、反ジロンド派で一貫してきているんだ。それとして悪いわけじゃないと、俺《おれ》なんかは思う……」

「私は違う。ジロンド派に反対するのは、あくまで政治上の問題からだ。公的な理由あっての話で、私的な理由はありえない」

「そうかい。まあ、それならそれでいいが、とにかく喧嘩《けんか》はするもんじゃねえ」

「喧嘩だって。この政争を喧嘩というのか、君は」

「つまるところは喧嘩だろう。俺は喧嘩をするからな。なるだけ喧嘩は避けたいもんだと、常々考えてるんだ。おかしな言い方になったかもしれねえが、拳骨《げんこつ》でやらかす喧嘩の程度でも、しばしば洒落《しゃれ》にならないことがある。ましてや政治のうえでの喧嘩だろう。なあ、マクシム、このへんで止《や》めといたほうがよかねえか」

「いや、やはり喧嘩とは違う。だから、やっているのは政治なんだ。フランス人を幸福にするための営為なんだ。どれだけ争いを激しくしても、通すところは通さないと」

「フランスを壊すことになってもかい」

「…………」

「いずれにせよ、どちらかが、引かねえとな」

「だから、この私に引けと」

ダントンは頷《うなず》いた。遠まわしに仄《ほの》めかすでも、あるいは冗談めかすでもなく、思いのほかに率直な態度だった。ああ、マクシム、悔しいかもしれねえが、それしかねえ。パリが蜂起《ほうき》に踏み出したってんなら、いよいよもって、それしかねえ。

「だって、こうなったら、もうジロンド派に折れろとはいえねえだろ」

「どうして、いえない」

「死ねといっているようなもんだからな」

有体な言葉を選ばれて、ロベスピエールは返事に窮した。パリは蜂起した。打《ぶ》ち殺してやると叫びながら、武器を手に手に立ち上がった。そのうえでジロンド派を倒せというからには、比喩《ひゆ》にすぎない、言葉だけだ、身の安全は保障できるとは誤魔化《ごまか》せない。

そのことは理解している。が、それだからだ。

「今なら間に合う。まだ死なずに済む。もちろん私はジロンド派を殺したいわけじゃない。殺すつもりもなくて、ただ議会から追放できればいいと考えている。国民公会《コンヴァンシオン》の名において、ジロンド派の辞職勧告を決議できれば、それでいいのだ。実力行使で排除されたくないというなら、それ以前にジロンド派が自ら辞職するべきではないのか」

「そいつは無理だ」

「どうして」

「だから、それが死ねといってるようなもんなんだ」

「政治生命を失うということか」

「負けるってことだよ。負けたかねえだろう、誰だって」

「かもしれないが、負けを認めるべきだよ、ジロンド派は。なにせ、自分たちの政権を維持することしかしてこなかったんだ。これだけ無為無策を貫いてきたんだ。フランスを救うどころか、悪くするばかりだったんだ」

「それでも理屈をわかれってのは無理だ。どんなに罪が深かろうと、いや、かえって深ければ深いほど、ますます負けなんか認められねえ」

「しかし、それは道理に反して……」

「いるかもしれねえが、現実だ」

「………」

「なあ、マクシム、あんたに負けろといってるわけじゃねえんだ。ただ引いてくれと、引き分けの形にしてくれと、そう頼んでるんだ。あんたが引いたって、実質あんたの勝ちは変わらねえさ。ただ、とことんまで奪い尽くすことはねえって、ジロンド派の面目くらいは潰《つぶ》さねえでやってくれって、それが俺の願い……」

「なおジロンド派は議会に居座ることになるんだろう」

「引き分けの形にすれば、ああ、そうなるだろうな」

「だったら、駄目だ。ジロンド派が議会にいるかぎり、政治の停滞は続く。フランスは決して良くならない」

「祖国が四分五裂するよりはマシだろう」

「いや、このままでは四分五裂さ。イギリスに、オーストリアに、プロイセンに、あるいはヴァンデ軍の暴挙に、はたまた連邦主義者たちの愚行に、すっかり壊されてしまうさ」

「それでも残るものはある」

「なにが残る。えっ、ダントン、なにが残る」

「政治の理想さ」

そう返されて、ロベスピエールは聞き違いかと思った。それが現実だと語気を強めた男の口から、理想などという言葉が飛び出すとは思わなかったからだ。

ぽかんと口を開けていたわけではあるまいが、こちらの驚きは察したのだろう。照れくさそうに、がりがり頭を掻《か》きながら、ダントンは言葉を足した。

「ああ、政治の理想は残るぜ。仮にフランスが跡形なくなるまでになったとしても、この土地には共和国があったんだって、民主主義を実現したんだって、議会政治があったんだって、そのことだけは語り継がれる」

「それなら、ジロンド派を排除しても同じじゃないか」

「いや、違うぜ、マクシム」

「なにが違う」

「だから、パリは蜂起しちまったんだよ」

と、ダントンは繰り返した。八月十日をやらかした、おまえがいうなと返されるかもしれねえが、あのときとは事情が違う。今回は議会に銃を向けちまったんだよ。七月十四日も、八月十日も、相手は専制君主だった。しかし、今度の相手は人民の代表なんだ。どれだけ腐っていても、国民公会の神聖な議員なんだ。これを排除しちまったら、もう民主主義の理想もなにもなくなっちまう。

16──残るのは

聞くところは、確かにあった。理想といえば、むしろロベスピエールの十八番《おはこ》なのであり、持ち前の信条からしても、簡単に無視することなどできなかった。もとより、それはロベスピエール自身が恐れた事態なのだ。精神的な蜂起《ほうき》、道徳的な暴動の内に留《とど》めなければならないと、それこそ心に百も繰り返してきているのだ。沈黙ばかりを武器に、あと数秒も待ってくれれば、ロベスピエールは折れたかもしれなかった。が、ダントンは不用意にも続けてしまった。

「ああ、マクシム、やっぱ暴力はいけねえよ」

「暴力に訴えたのは、どちらのほうだ」

ロベスピエールは破裂した。自分でも破裂という言葉が浮かんだほど、刹那《せつな》に感情が暴走した。理性的ではないとも承知していながら、やはり抑えられなかった。けれど、ダントン、君なら私が抑えられない理由も、承知してくれているはずだ。なにせ君が教えてくれたのだ。

「私は殺されかけたんだぞ。ジロンド派の暴力で排除されかけたんだぞ」

「…………」

わかった、とダントンは引きとった。そうだった。そうだったんだな、あんたは。

「わかった。どうやら無理をいったようだ。ああ、わかった」

邪魔したな、マクシム。そう断りを入れるや、ダントンは踵《きびす》を返した。あっけない印象さえ醸《かも》しながら、そのまま部屋を出ていきそうだった。

大きな背中を向けられてみれば、がっくりと肩を落として、それはあまりの、思いもよらなかったくらいに、あまりの悲しさを宿すものだった。

あてられて、かっかと燃えた怒りまで、俄《にわ》かに温度を冷たく下げた。いや、それでも私は譲れない。どうでも折れるわけにはいかない。別に私が殺されかけたから、どうこうというのじゃない。問題はジロンド派こそ暴力を使う連中なんだという点だ。様々に理屈を唱えて、自分をしっかり握りなおし、それでもロベスピエールは問いばかりは投げかけずにいられなかった。

「ダントン、なんのためなんだ」

巨漢は横顔だけで振り返った。ん、なんだ、マクシム。

「だから、なんのためだ。ジロンド派に頼まれたわけでもないのに、どうして、そこまで本気になるのだ」

「さて、ねえ」

「理想のためか」

「…………」

「いったじゃないか、ダントン、君だって政治の理想のためなんだろう。あるいはフランスを真摯《しんし》に思う気持ちゆえか」

「フランスを真摯に、か」

「人民のためといいかえてもいい。人民のために、なにができるか。なにをするべきなのか。考え方や結論は様々だろうが、その熱意さえ共有することができるなら……」

「ねえな」

「えっ」

「だから、そんな熱意はねえな」

「あっ、ああ、そうか。うん、そうなんだ。ジロンド派にはないんだ。連中は自分のことしか考えていない……」

「誰だって、そうなんじゃねえか」

「…………」

「理想なんてのは、皆をまとめる落としどころにすぎねえよ。地位が欲しい。金が欲しい。立派な家に住みてえ。うまいものを食いてえ。いい女を抱きてえ。つまるところ、生きてえ、死にたくねえって、本音は自分のことだけだぜ、俺《おれ》だって多分にな」

やはり、おまえはジロンド派と同類なのか。そう罵倒《ばとう》の文句が胸に湧《わ》いたものの、ロベスピエールは声に出すことができなかった。先刻ダントンの大きな背中に浮かんだのは、絶望だったと気づいたからだ。

自分を曲げ、共感にいたることはできなくても、面罵することまではできなかった。

「ところで、わかってんだろうな」

ダントンのほうが話を続けた。もう最後だと思っていただけに、ロベスピエールは少し慌てた。な、なに、なにをわかっているだって。

「いや、念のために聞いただけだ。わかっていねえはずはねえよな。ああ、今度のことで出来上がるのは、ジャコバン派の独裁なんだって」

「ジャコバン派の独裁……」

その言葉を自分で繰り返すほど、ロベスピエールは心臓を締め上げられる思いがした。

「独裁だなんて、そんな……」

「おいおい、そんな驚いた顔してくれるなよ。だって、ジロンド派を綺麗《きれい》に追放しようってんだぜ。政敵をすっかり排除しようってんだぜ。残るのはジャコバン派だけなんだから、それを独裁といわずしてなんという」

「しかし、私としては……」

「別に悪いというつもりはねえよ。独裁なんていえば、まあ、聞こえがよくねえことは確かだが、それでも俺は悪いとは思ってねえ。ただ、な」

「ただ、なんだい、ダントン」

「俺には堪えられねえ」

「………」

「悩んじまうよ。夜ごと自分に問いかけちまうよ。独裁なんかやらかして、おまえは正しかったのかってな。本当にフランスのため、人民のためだったのかってな。ただ嫌いな奴《やつ》の顔を、みなくて済むようにしただけじゃないのかってな」

「ちょ、ちょっと待ってくれよ」

ロベスピエールは自分でも顔が青くなっていることがわかった。いや、ダントン、それが独裁になるかわからないというか、いや、最悪の場合、そういうことが起こりえるとしても、だよ。

「まだ決まったわけじゃない」

「意味がわからねえ」

「つまり、まだジロンド派が排除されるとはかぎらないと、そういってるんだ」

ダントンは一語も発することなく、ただ怪訝《けげん》な表情を作ることで説明を求めた。ロベスピエールとしては、なおのこと焦りに駆られる。ああ、つまり、つまり、だよ。

「パリは蜂起したとはいいながら、なんだか迫力に欠けるわけだからね」

「そうか」

「ああ、そうだ。七月十四日のようにはいかないよ。八月十日のようにはいかないよ。ああ、ああ、残念ながら、君のようにはできなかった。暴力といったって、果たして今回はジロンド派を排除できるほどの暴力かどうか……」

「エベールを甘くみないほうがいい」

「えっ」

「今回の蜂起にはエベールが関《かか》わってんだろ」

あいつは、やるぜ。少なくとも俺と同じ程度には。そう言葉を残して、ダントンはサン・トノレ通りのデュプレイ屋敷を後にした。

17──反省会

「気が弱い、気が弱い」

激昂《アンラジエ》派のジャン・フランソワ・ヴァルレは声を張り上げていた。

単に大きいだけでなく、相手を責める意図も明らかだった。言葉遣いが慇懃《いんぎん》無礼《ぶれい》な風をとれば、なおのこと剣呑《けんのん》な感じになる。

「いや、蜂起《ほうき》のパリ自治委員会の皆さんにおかれましては、単に気が弱いということを、慎重と表現なされるんでしたっけ。パリ県庁に睨《にら》まれて、あっさり尻尾《しっぽ》を巻いてしまうような臆病《おくびよう》のことも、確か分別とかいう言葉で飾り立てられるんでしたな」

いや、御上手《ブラボ》、御上手《ブラボ》。虚仮《こけ》にされるや、バッと動いて、椅子《いす》を蹴《け》るのが、こちらのパリ市第一助役ピエール・ガスパール・ショーメットである。すわ、殴り合いの喧嘩《けんか》かとさえ思わせたが、慌てた声が間に入ろうとした。

「しばし、しばし」

今度はパリ街区《セクシオン》総会筋のクロード・エマヌエル・ドブサンだった。

元から親しい仲間というのではないながら、激昂派とはアベイ監獄での投獄生活以降、一緒に活動していた。蜂起委員会だか、革命中央委員会だか、あるいは今では二十一人委員会なのかもしれないが、とにかく委員のひとりでもある。

ヴァルレの暴言には、いくらか責任を感じるところもあったのだろう。

「いや、実際、ヴァルレ君、いくらなんでも、いいすぎだよ」

「なにが暴言ですか。えっ、ドブサンさん、この際はっきりいわせてもらいますが、俺《おれ》はあんたの態度にだって、納得しちゃいないんです。ええ、自治委員会に劣らず、たいそう弱腰だったんじゃないですか」

「そ、それは心外だ」

「心外だろうが、なんだろうが、事実は事実だ。威勢がいいのは司教宮殿《エヴェシエ》に集合したところまでで、それから先は腰砕けだったじゃありませんか。自治委員会に文句ひとついえないありさま……」

「うるせえなあ、くそったれ」

ジャック・ルネ・エベールは声に出した。自分に注目が集まるのもわかったが、ふあと惚《ほう》けた大欠伸《おおあくび》がてら、ただ耳の穴をほじる真似《まね》だけしてやった。ああ、うるせえ、うるせえ。議事堂の高天井ってのは、うわんうわん声が響いて、やたらとうるせえんだよ、くそったれ。

続けられて、議事堂は静かになった。議事堂といって、テュイルリ宮の国民公会《コンヴァンシオン》ではない。急ごしらえの「からくりの間《マシーヌ》」などより、遥《はる》かに立派な場所ながら、それでも立場は一段劣るというか、集まっていたのはパリ市政庁にある市政評議会議事堂だった。

エベールに余裕があるのも、あるいはパリ市の第二助役として、自分の場所だという気分があったからかもしれない。とはいえ、それは決して理想的な展開ではない。

暗いうちから起き出して、勇んで蜂起に踏み出した一七九三年五月三十一日も、再びの夜を迎えようとしていた。蜂起を高らかに宣言し、パリの往来を大いに騒がせはしたものの、結局また元のようにグレーヴ広場に帰ってくるしかなかったのだ。

国民公会もそのまま、ジロンド派もそのままで、ヴァルレが憤慨しているのも、そこだ。

「とにかく、俺は納得できない」

「しかし、ヴァルレ君、十二人委員会の廃止は獲得しているんだ。そこは大きな前進とみるべきじゃないか」

ドブサンが応じると、またカッとなったのか、刹那《せつな》ヴァルレは牙《きば》を剝《む》くかの形相《ぎょうそう》だった。あんなもの、前進のうちに入りませんよ。

「だいいち十二人委員会なら、二十七日にも廃止されているんです。ええ、俺たちが逮捕されていた間の話だ。それが釈放されてみたら、再建されていたわけじゃないですか。今回だって、もう明日の議会で再建されるんじゃないですか」

「そ、そんなことはあるまい」

「わかりませんよ。ええ、わからない。とにかく俺は納得できない。俺だけじゃなくて、納得できてる者なんていないんじゃないですか。さっきジャコバン・クラブを覗《のぞ》いてきましたが、向こうでだって十二人委員会の廃止だけじゃ十分じゃないなんて、ビヨー・ヴァレンヌあたりは激怒してました。こうです」

祖国は救われなかった。公安を保持するために採るべき大手段はあったはずだ。今日こそ連中に止《とど》めの攻撃を加えなければならなかった。ルブラン、クラヴィエール両大臣の告発命令すら出さずして、どうして愛国者たちが持ち場を離れることができたのか、とてもじゃないが私は理解することができない。一字一句まで違《たが》えず正確に覚えてきたかは知れないながら、そうやってビヨー・ヴァレンヌの演説まで真似してから、ヴァルレは自分の主張をまとめた。ええ、国民公会の巨悪は、明日でも、明後日《あさって》でもなく、今日のうちに根絶させるべきだったんです。

「実際、これじゃあ、なんのための蜂起なのか、わからないじゃないですか」

そう嘆けば、いきなり泣き言めいてしまう。ていうか、これで蜂起といえるんですか。これじゃあ、司教宮殿派だけで自爆していたころ、激昂派が勝手をやってるなんて笑われていたころと、少しも変わらないじゃないですか。街区総会に、自治委員会まで絡んでくれたからには今度こそなんて、興奮した自分が馬鹿みたいじゃないですか。

「ったく、悔しいやら、情けないやら」

「で、それは我々が期待を裏切ったからだと、我々の弱気が原因だと、そういう理屈か、ヴァルレ」

ショーメットが前に出たが、さすがは知性派で、もう落ち着きを取り戻していた。いや、どうだろうか。一方的すぎるという以前に、そもそも強気、弱気の問題なんだろうか。

「実際、あれ以上の、なにができたというんだ」

「………」

「蜂起の事実を背景に、国民公会に代表を送りこんだ。請願を届けるまま、議場に居座り、議事に圧力をかけ続けた。それでも議員たちは、十二人委員会を廃止する以上の決議はしなかったんだ」

「そこだよ、ショーメットさん。どうして、そこで引き下がる。議員どもの尻を蹴り上げてやってさ、もっと先まで進ませるべきだったんじゃないのかい」

「それは無理だ。今の議会は狭いからな。入場が制限されてしまうんだ。圧力を加えるにも、自《おの》ずと限界がある」

「なにいってんです、なにいってんです。限界を突破するのが、蜂起という非常手段なんじゃないんですか」

「ずいぶんな御高論だが、それなら強気の激昂派は、なにをしてきたというんだ」

「なにを、っていわれても……」

「やりようなんか、ないんだよ。ヴェルニョーが途中で出ていきかけたが、あれ以上の無理をしたら、ジロンド派に審議拒否の態度を取られるのは明らかなんだ」

「それは……」

「それとも、問答無用に議場に兵隊を突入させるか。議員ひとりひとりに槍《やり》を向けて、いうことを聞かなかった日には、ただちに突き刺してやれという意見か」

「それも、なんていうか、ああ、ありだろう」

「暴力で人民の代表を排除するというのか」

「あんたらときたら、そうやって、やれ議会政治の冒瀆《ぼうとく》だ、やれ民主主義の否定だと大騒ぎしてみせるが、それは身勝手な論法ってもんじゃないですか、ショーメットさん」

「なにが身勝手だ」

「去年の八月十日だって、蜂起の大衆は人民の代表を排除してるじゃないですか」

「あのとき我らが戦《し》ったのは、あくまでも王であり、王政だった。結果的に議会は解散しているが、あれは我々が強いたわけではない。立法議会が自ら決定したことだ」

「同じです、同じです。ったく、八月十日で得をした輩《やから》の言い分ときたら、本当に呆《あき》れたものですよ。だって、スイス傭兵《ようへい》を蹴散らした足で議会に向かったんですよ。皆が皆、まだ銃身が焼けるような武器を担《かつ》いでいたんですよ。だったら、暴力で脅《おど》しつけたも同然じゃないですか。形はともあれ、立法議会に解散を強いたということじゃないですか」

「よしんば、そうだったとして、なお同じではありえない」

ショーメットは立ち上がり、ほとんど演説するかの体《てい》だった。いいか、ヴァルレ、よく聞けよ。立法議会の議員は、マルク銀貨法で選ばれた議員、つまりは不当な制限選挙で選ばれた議員だ。ところが、国民公会の議員は普通選挙で選ばれた議員なんだ。それが長らく争われてきた革命の大争点のひとつであれば、仮に前者を否定できたとしても、後者を否定することはできまい。

「裏を返せば、あの八月十日の暴力は肯定できる。しかし、この五月三十一日の暴力は肯定できないんだ」

「ブラボ、ブラボ」

そうやって茶化しながら、ヴァルレはまた拗《す》ね子のような顔になっていた。はん、大したものです。いや、まったく大したものです。けれどね、ショーメットさん。

「それなら、国民公会を解散させて、また選挙するまでのことでしょう」

「それで今度は、おまえたちが議員になるというわけか。が、ひるがえって自分が暴力で排除される番になれば、そのときは文句をいえた義理ではなくなるんだぞ」

「いっときますが、俺は議員になんかなりませんよ。ええ、仮に蜂起が成功しても、議員になんかなりませんし、議会政治が絶対なんだとも思いません」

「なんてこと……。ヴァルレ、おまえ、民主主義を否定する気か」

「とんでもない。俺が否定するのは間接民主主義、つまりは代議制だけです。政治は最後は直接民主主義なんだと、民衆が上げた声に応じて動いていくしかないんだと、ええ、ショーメットさん、それが俺の考え方です」

「馬鹿な……」

「馬鹿じゃありません。不可能だとか、現実離れしているとか、あんたは物知り顔で退けるかもしれませんが、だったら代議制はどうなんです。みてのとおりで、政治は腐るばかりじゃないですか。議員なんか何回入れ替えたって、必ず腐敗していくんだ。綺麗《きれい》だった連中まで、当選するや薄汚れて、自分のことしか考えなくなっていく。だったら、そんな議員なんか暴力で否定してしまって、なに悪いことがあるんですか」

「呆れたな。やっぱり、おまえらは激昂派だ。やりすぎの過激派でしかない」

「にもかかわらず、一理あるから厄介なんだな、くそったれ」

エベールは話に割りこんだ。すぐ隣でショーメットが責める目なのはわかったが、あえて気づかないふりで続けた。いや、ブルジョワは知らねえよ。

「けど、我ら庶民、サン・キュロットにいわせると、選挙って何？　って感じなんだな、くそったれ」

声が響いた。皆がしんとして聞いていた。ああ、選挙なんか、やったことねえからよ。

「投票行動を介して自分の意思を政治に反映させる」なんて、そういう感覚自体がねえんだ。民主主義だ、これからは民衆が主役だ、おまえの言い分が通るんだなんていわれれば、とりあえずは叫ぶだろ。その声が無視されたら、注意を引くために騒ぐだろ。騒いでも聞いてもらえなかったら、今度は実力行使だってな具合で、これがサン・キュロットの民主主義なんだな、くそったれ。

「七月十四日のバスティーユにしろ、八月十日のテュイルリにしろ、実際そうやって言い分を通してきた。それがサン・キュロットの自信なんだ。少なくとも選挙を通じてじゃねえ、くそったれ」

18――モテない野郎は

くそったれ、たれ、たれ、たれ、と尾を引いて、汚い言葉ばかりが薄暗い議事堂の虚に響いた。

しばらくは誰の言葉も返らなかった。こんなに広い場所なのに、堪えがたいほど息苦しくも感じられた。なるほど、それは論破の理屈がみつかったというより、とにかく息を継ぎたいという風な発言だった。

「いや、エベールさん、それをいっちゃあ、お終《しま》いじゃないですか」

「でも、実際そうなんだから、仕方がねえよ、ドブサンさん」

「いや、けれど……」

「だったら、あんたのシテ区は、投票率が高かったのかよ」

「国民公会議員の選挙のときですか。まあ、うん、確かに五割にも満たなかったというか」

「はったりかますんじゃねえよ、くそったれ。いくら都心のシテ区だって、いいところ三割だろ。投票したのは、ほとんどブルジョワ連中なんだろ」

ドブサンは答えなかった。図星だったからだ。選挙を理解しないからには、サン・キュロットの多くは実際に選挙に行かないのだ。

マルク銀貨法は不当だ。普通選挙を実現しなくてはならない。そうやって頑張ってくれた革新議員の奮闘は、それとして尊いものだと思う。が、悲しいかな、いざ普通選挙が行われても、投票率はマルク銀貨法のときから、ほとんど変わらなかった。投票したのは意識の高いブルジョワだけ、つまりは相変わらずの金持ちだけだった。

「そんな選挙で選ばれたんだから、国民公会の議員だって、どこまで本物か、立法議会の議員と比べて、どれだけ正しい身分なのか、そいつは保証の限りじゃねえぜ」

「エベール、おまえ、まさか、こいつらの肩を持つつもりか」

「肩を持つとか持たないとか、そういう話じゃねえよ、ショーメット。間接民主主義はブルジョワの民主主義、サン・キュロットの民主主義は直接民主主義と、実際そうなんだから仕方ねえや」

「とはいえ、ドブサンさんじゃないが、それを認めてしまったら……」

「おいおい、もう蜂起《ほうき》しちまったんだぜ。いいかえれば、直接民主主義に手をつけちまったんだぜ」

今さら是非を論じるなと盟友を諌《いさ》めると、エベールは椅子《いす》から立ち上がった。進んでいった先が、激昂《アンラジェ》派の面々が占めている一角だった。まあ、直接民主主義でも、間接民主主義でも、とにかく政治に関《かか》わるからには、人民の思いに応《こた》えることだぜ、くそったれ。

「で、ヴァルレ、おめえだがよ」

「な、なんだ、エベール、あらたまって」

「本当に本当の普通選挙ができるとして、そのとき、おまえが立候補したとして……」

「俺《おれ》が立候補したとして……」

「それでも、おまえじゃ、勝てねえな」

「そ、そうか」

「なんでか、わかるか」

「さあな」

「結局のところ、おまえ、チンコがしょぼいんだよ」

「チ、チチ、チンコは関係ないだろ。ほ、ほほ、ほっといてくれ」

「おいおい、なんだよ、図星かよ。俺っち、ほんの譬《たと》え話のつもりでいったんだぜ」

「どういう譬え話だ」

「しょぼいって話だよ。蜂起にしては、今回はしょぼすぎるっていってんだよ」

「………」

ヴァルレは答えなかった。ジャック・ルーはじめ、他の激昂派の面々も答えられない。ドブサン以下、パリ諸街区の代表たちも、面目なさそうに顔を伏せた。国民衛兵隊司令官アンリオにいたっては、とろんとした目の酔いどれで、その赤面は酒のせいなのかもしれなかったが、それでも所在なげな感じは人一倍だった。

国民衛兵も揃《そろ》わない。輪をかけて、一般市民は出てこない。実際のところ、動員が足りていなかった。パリ街区総会と組めば、街区民を駆り立てられる。パリ自治委員会の名前を借りれば、街区の枠を超えて有志が集まってくる。パリ県庁までついてくれれば、もう怖いものなしだ。そんな風に激昂派の連中ときたら、なんとも、まあ、自分に都合のよい期待をしたらしいのだが、そんな簡単な話ではなかったのだ。

「しょぼいから、議会だって動かねえんじゃねえか。ろくろく圧力にもならねえから、槍《やり》を突くだの、銃を向けるだの、えげつない相談までしなくちゃならなくなってんじゃねえか」

「しかし、俺たちだって、頑張ったんです」

パリ中くまなく説いて回りました。革命中央委員会は蜂起を決定した、今こそ立ち上がるときだと、それこそ寝る間も惜しんで、人民に呼びかけたんです。だって、協力してもらおうと思ったら、こちらの熱意、それに誠意を伝えるしかないでしょう。違いますかと最後に確かめられる段になって、いよいよエベールは憮然《ぶぜん》とした。

これを歯が浮くような綺麗事《きれいごと》といわずして、なんという。しかも臆面なく並べ立てた相手というのが、背が高くて、肩幅が広くて、おまけに美男で、もちろん頭も禿《は》げていない色男、あのジャン・テオフィル・ルクレールだったのだ。

ずんずんと目の前まで迫ってから、エベールは返してやった。

「おい、二本チンコの蛇男が、調子に乗ってんじゃねえぞ」

「えっ、だって、その……」

「いいか、ルクレール、こいつは真理だ。おめえみたいに背が高くって、顔がよくって、もともと女にモテるよう生まれついた男には、なかなか到達できやしない、まさしく高尚な真理なんだ、くそったれ」

「は、はあ」

「特別に教えてやるから、真剣に考えてみろ。いいか、ルクレール、もしもの話だ。もしも、おまえが、チビで、デブで、ハゲで、おまけにヴァルレみたいに粗チンだったら、全体どうしたらいいか」

「えっ、なに、粗チン……」

「いいから、真面目《まじめ》に考えろ。簡単にいっちまえば、モテない野郎が、それこそヴァルレみたいにモテようもない野郎が、それでも女にモテたいなんて高望みしちまったら、全体なにが大事なのか」

「わ、わかりません。なにが大事なんですか」

「ヴァルレの奴《やつ》に聞いてみろ」

「ヴァルレさん、どうすれば」

「いや、その、エベールがふざけていうほど、俺はモテないわけじゃないが……」

「俺っち、ふざけてなんかいねえ。おめえも真面目にやれ、ヴァルレ」

「いや、真面目なんだが、うん、まあ、それとして答えれば、だ。いろいろ手管《てくだ》はあるんだろうけど、あんまり好きじゃないなあ、そういう駆け引きめいたことは。やっぱり決め手になるのは、ああ、ルクレール、おまえがいう通りに熱意とか、誠意とか……」

「おいおい、ヴァルレ、そんな答えしか出てこねえんなら、おめえ、マジ、悪魔みてえにモテねえだろ。てえか、そのまんま、ロベスピエールだろ」

「どういう意味だ」

「童貞なんじゃないかって意味だよ」

「ふざけるな」

「だったら、モテモテの蛇男くんに、モテない野郎の真理を、さっさと教えてやれよ。モテるためには、なにが大事か、そこんところを、ヴァルレ、おまえが気づかせてやるんだよ」

「やっぱり、テクニーク？」

「おまえ、童貞じゃないとしたら、救いようのない阿呆《あほう》だな」

「いや、俺が阿呆なんじゃないと思うぜ。エベール、あんたの話がわかりにくいんだ」

「私も、そう思う」

ショーメットが後に続いた。ええ、私にも一向《いっこう》話がみえてきません。ドブサンにまで畳みかけられ、さすがのエベールも少し慌てた。なに、俺っちの話がわかりにくいだと。

「これほど簡単な話もねえだろう。ほんの常識でしかねえだろう」

「もったいつけていないで、さっさと話を進めたまえ」

「おっとっと、今度はジャック・ルーか。坊さんのくせに、あんたもモテる秘訣《ひけつ》を知りたいか。なるほど、つるつるの禿げだもんなあ。みるからに、あっちが強そうだもんなあ」

「だから、エベール」

「わかった、わかった、ショーメット。答えは金だよ」

と、エベールは答えた。ああ、はじめから金に決まってんだろ。モテない奴がモテたいと思ったらな、女のために派手に使うしかないんだよ。

「飲ませるんだよ。食わせるんだよ。好きそうなもの、気前よく買ってやるんだよ。それでも駄目なら、泣く泣くの残念会で……」

「売春宿に直行か」

「さすがはヴァルレくん、心得てらっしゃる。なんだ、おまえ、童貞じゃなかったんだな。それなら実感として、わかるだろ。それだって、やっぱり金だろ」

「ヴァルレならずとも、それこそ童貞でも坊主でもわからない理屈じゃないが、それが蜂起がしょぼいという話と、どうつながってくるんだ」

「だから、ルー神父さま、金を使わないから、蜂起もしょぼいとつながってくるんじゃねえか、くそったれ」

「………」

「マラやロベスピエールじゃあるまいし、言葉ひとつで人民を動員できるなんて、なに自惚《うぬぼ》れてやがるんだ。大衆にモテモテの大革命家どころか、てめえらなんか、なんにつけ極端すぎる嫌われ者、つまりはモテない野郎の見本みてえなもんじゃねえか。かくなるうえは金をばらまくしかねえじゃねえか」

エベールは話をまとめた。頭でっかちが無駄口たたく暇があんなら、さっさと金策に走りやがれってんだ、くそったれ。その金で飲ませて、食わせて、ばんばん使って、それでも集まらなかったら、日当がわりだってんで、現ナマを配ればいいんだよ。土台が勤労青年たるサン・キュロットが、駄賃ひとつもらえねえのに、仕事を休んで駆けつけてくるわけがねえや。

「とにかく、金だ。金の力でサクラでもなんでも集めて、テュイルリ宮の正面に、ずらりと八万人も並べてみせたらどうなるか、ひとつ試してみやがれってんだ、くそったれ」

反論は出なかった。出るわけがない。金を使う程度の理屈も考えつかなかったことのほうが、おかしいのだ。

七月十四日など、まさに奇蹟《きせき》で、フランスの歴史に二度目はない。手本になるとすれば、八月十日しかないが、あのときはデムーランが気の利いた台詞《せりふ》を回しただけじゃなかった。ダントンが気前よく使ったのだ。まさに臭い男の面目躍如で、そのときが来るやメスを引き寄せる媚薬《びやく》を発散するという、オスのジャコウジカさながらの、凄《すさ》まじい臭《にお》い方だったのだ。ああ、綺麗事じゃあ、蜂起なんかできねえぜ、くそったれ。

「おい、わかったのか、ルクレール」

「は、はあ、なんとなくは……」

「本当にわかってんのか。女房を質に入れてでも、とにかく金を工面してこいって話だぜ」

「はあ」

「おまえの場合はクレールとポリーヌと、二人並べて、一回二スーで客におっぱい触らせて、そういうことまでしてでも稼いでこいっていってんだ」

「いや、いくらなんでも、それは……」

「おいおい、今朝《けさ》もいったが、おめえ、少し本気が足りねえんじゃねえか」

そうやってエベールが色男をいびっている間にも、他の面々は顔つきを一変させて、早くも動き始めたようだった。

あるいは遅ればせながらというべきなのかもしれないが、とにかく明日の朝までには市政庁に金櫃《かねびつ》が並ぶだろう。しょぼい蜂起にしてみたところで、昼すぎには人数を増やすだろう。ああ、サン・キュロットはやってくる。明日は楽しい土曜日でもあるわけだしな。

19——逮捕状

「ロラン・ドゥ・ラ・プラティエールに逮捕状が出ている」

元の内務大臣ロランだ。英国《ブリタニク》館の玄関で宣告したのは、国民衛兵隊の軍服だった。逮捕状だという紙片も、くるくる巻かれていたものが上下に伸ばされ、こちらに突き出されていた。

もう夕《ゆうべ》の四時だったが、昼が長くなる一方の六月ともなれば、まだ手元が暗がりになるではなかった。確かめようと思えば、文面の一字一句も確かめることができたが、そうするだけの気力が湧《わ》かない。居丈高な声を受け止めるので精一杯だ。

額に張りつく冷たい汗を歯がゆくも感じながら、ロラン夫人は思わずにいられなかった。

——なんだか、フラフラしているわ。

数日というもの、加減が優れなかった。

季節外れの風邪《かぜ》が流行《はや》っているらしく、けっこうな発熱に見舞われた。寝台に臥《ふ》したが最後で、ほとんど起き上がれないくらいになった。ろくろく食事も喉《のど》を通らず、温葡《おんぶ》萄酒《どうしゅ》にシナモンをまぜたものを、ちびちび啜《すす》るというのがやっとだった。

――といって、パリが蜂起《ほうき》したと聞かされては、寝てばかりもいられない。

ロラン夫人は早朝から警鐘《けいしょう》が鳴らされ始めた五月三十一日の、もう昼前には起き出した。こういうときこそと自分を奮い立たせながら、夜にはサロンも開いた。

一種の興奮状態だったのか、普段よりかえって気分が晴れやかだった。無理が祟《たた》るかとも恐れたが、今日六月一日の朝にも特段の不快感はなかった。数日来の病が嘘《うそ》のようにも感じられ、そのまま起きて一日をすごし、また夜にはサロンを開くつもりでもいたのだが、取りついたのはやはり質《たち》の悪い流行《はやり》風邪のようなのだ。

なんだか、フラフラしている。まだ熱がある。いくらか悪寒《おかん》が残っている。けれど、それだけだわと、ロラン夫人は弱気に傾く自分を取り戻そうとした。ええ、ただ加減が悪いだけだわ。それが体調の話なら、フラついても仕方がないわ。

――ええ、逮捕状なんて言葉に臆《おく》してしまったわけじゃない。

実際のところ、思っていたより怖くはなかった。

国民衛兵隊の軍服は青色だが、やはりというか、それより目についたのが赤色だった。「カルマニョール服」と呼ばれる丈の短い上着に縞《しま》のズボン、これに縁なしの赤帽子《ボネ・ルージュ》を合わせるというのは、当世パリにおけるサン・キュロットの典型的な装束《しょうぞく》である。エベールが新聞『デュシェーヌ親爺《おやじ》』で、それこそ「らしい服装だぜ、くそったれ」と唱えたことが始まりならば、典型的というより流行の装束というほうが正しいのかもしれないが、いずれにせよ、尋常なブルジョワなら決して身につけない衣服だ。

それが国民衛兵の背中に、ぞろぞろと列をなしていた。あちらこちらで前からずれて、垢《あか》なのか煤《すす》なのか、とにかく黒く汚れた顔を覗《のぞ》かせながら、こちらの旅館のなかを執拗《しつよう》に物色するかの素ぶりもある。

――不躾《ぶしつけ》で、非礼で、つまるところ野卑なサン・キュロットたちだわ。

なにをしでかすか、とても知れたものではない。今だって、無理に押し入ろうとするかもしれない。そのまま襲いかかってくるかもしれない。言葉にするのが憚《はばか》られるほどの辱《はずかし》めを加えにかかるかもしれない。

いや、そうに決まっていると思いこんだあげく、ちらと蜂起の事態を想像しただけで、いつものロラン夫人なら震えに襲われたものだった。が、恐れに恐れた事態が、いざ本当に起きてみると、そう大して怖いものではなかったのだ。

あるいは怖いと思わなかったのは、かえってサン・キュロットだと疑わずに済んだからか。ええ、フラついてなんかいる場合じゃない。狼狽《ろうばい》なんかしなければならない相手じゃない。

ロラン夫人は強気に出た。差し出された逮捕状を自分で読めば済む話だったが、あえて問いの形にしたのは、とにかく言葉を投げ返したかったからだ。

「逮捕状と仰《おつしや》いますが、どこが出したものなのですか」

声の調子に、ぴしゃり、という感じが出た。いいわ、いいわ。毅然《きぜん》たる態度と合わせて、我ながら悪くないわ。が、それこそ気に入らなかったらしく、国民衛兵のほうはいくらかムッとした顔だった。

「革命中央委員会だ」

今度は、どうだという顔になった。が、こちらのロラン夫人にすれば、まさに想定内の答えでしかない。慌てず、騒がず、ひとつ惚《とぼ》けてやれとも思いつく。

「国民公会《コンヴァンシオン》にそうした委員会が新設されたのですか。でしたら、そちらに確認してみますから、委員になられた議員の名前を教えてください」

「議員の名前って……」

「ええ、教えてください」

「議員は関係ない。だから、こいつは革命中央委員会の命令なんだ」

「議会は関係ないということですか。そうしますと、その革命中央委員会というのは、はたして合法的な組織なのですか」

「合法とか、そんな難しいことといわれても……」

なあ、みんな、と国民衛兵は背中の面々に確かめた。縋《すが》るようにして同調を求めたからには、いうまでもなく居丈高な勢いは後退している。

確かめられたサン・キュロットたちのほうとて、戸惑いに口ごもるだけだった。革命中央委員会とは蜂起委員会を前身とする組織だ。フランスは蜂起の状態にあり、目指すところの革命とは、そも違法の状態にある。であるからには、もはや合法も違法もない。それくらいが模範解答になるだろうが、もとより無学な連中に論じられる理屈ではない。

ひとまずは私の勝ちだわ、とロラン夫人は心に吐いた。

「ええ、それでしたら、あなた方の逮捕状に従う理由はございません。仮に従ってしまえば、それこそ法治国家の市民としての権利を放棄したことになります。無知蒙昧《むちもうまい》のアンシャン・レジームに逆戻りしたことになります」

みえるのは、国民衛兵の背中ばかりだった。ぼそぼそ小声で後ろと相談するので手いっぱいになり、こちらを睨《にら》みつけるだけの余裕はなくなっていた。が、理屈が苦手なら苦手で、なお打つ手くらいありそうなものである。無学なら無学で、それだから暴力に訴えたはずなのである。

実際、うるさい、つべこべいうなと一蹴《いっしゅう》されて、強引に前に出られたなら、こちらは抵抗のしようもなかった。が、それを、しない。ひとたび失速してしまえば、もうできない。

——やっぱり、ね。

ロラン夫人は胸奥《きようおう》で笑みまで浮かべた。

パリは蜂起した。けれど、明らかに勢いがない。それほど恐れる必要はない。それが昨夜ブリタニク館に集まった、ジロンド派の口ぶりだった。

警鐘が鳴り、警砲が轟《とどろ》き、声のかぎりを張り上げる行進が、あちらこちらに起きたからには、確かにパリは騒々しくなっている。が、それだけだ。

動員人数も知れている。盛り上がりにも欠けている。現に議会に押しかけても、圧力というほどの圧力にはならなかった。つまりは「激昂《アンラジエ》派の自爆に毛が生えた程度」でしかない、とも扱《こ》き下ろされた。

なるほど、今回は専《もっぱ》らサン・キュロットの蜂起だ。これまでもサン・キュロットは多く動員されてきたが、これを率いてきたのは常にブルジョワだった。ところが、今回は指導者までが、サン・キュロットなのだ。厳密な出自をいえば、やはりブルジョワだとしても、すでにしてサン・キュロットに同化している連中なのだ。

「だから、恐れるに値しません。今回のことで、はっきりしました。ええ、サン・キュロットに政治活動は無理です。ええ、ええ、蜂起はじき収束するでしょう。というか、収束してもらわなければ合わない。こちらは十二人委員会の解散を容《い》れて、つまりは譲歩してあげたわけですからね」

それで満足するでしょう。あとは潮が引くようにして、自然と静かになるでしょうと、それくらいがジロンド派の見通しだった。

20──切迫

不用意な楽観ではない。大した運動でないというのは、ロラン夫人の感触とも合致していた。

パリが蜂起《ほうき》したと聞き、急ぎ起き出し、日がな窓辺に張りついたが、さほどの脅威も感じられなかった。昨夏八月十日の熱狂に遠く及ばないどころか、それに先立つ六月二十日の失敗や、あるいは後続の九月虐殺と比べても明らかに迫力不足で、今春の食糧暴動のほうが、まだしも怖い感じがしたくらいなのだ。

裏を返せば、食糧暴動以上の運動は、どうでもサン・キュロットの手に余るということだ。

──ええ、サン・キュロットなど恐れるまでもない。

もう僅《わず》かも、フラフラしない。しっかり地に両足をつけながら、ロラン夫人はいっそう強気に出ることができた。

「お引き取りいただけまして」

まごつく国民衛兵を突き放しながら、ブリタニク館の守衛に目で合図を送りもした。頷《うなず》きで受けると、守衛も玄関扉を閉めようと動いた。ところが、である。

それを国民衛兵は許さなかった。すごすご引き返すしかないはずなのに、ちょっと待てと扉に手をかけ、閉じようとする動きを制した。

「とにかく、ロラン氏を出してくれ」

「ロランは留守にしております」

「本当なのか」

「どうして嘘《うそ》など申し上げねばならないのです」

「本当なんだな」

「本当です」

「だったら、なかを調べさせてもらう」

いうが早いか、国民衛兵は前に出た。あれ、とロラン夫人は思う。あれ、こんなはずじゃない。強引に出られるほど、勢いのある蜂起じゃない。

「………」

一瞬の空白に捕われながら、ロラン夫人は慌てて自分を取り戻した。国民衛兵の強行を許してしまえば、背中のサン・キュロットたちが、どやどや続いてしまうは必定《ひつじょう》だった。それこそ恐れていた事態だ。それだけは許すわけにはいかない。

刹那《せつな》に働いたのは理路整然たる思考というより、恐らくは本能的な嫌悪感《けんおかん》のほうだった。嫌だわ。嫌だわ。絶対に嫌だわ。

思いの強さに弾《はじ》かれて、ロラン夫人は動くことができた。とっさに手を出し、掌《てのひら》で軍服を押し返すと、打《ぶ》つような勢いで言葉をぶつけた。

「許可は得ているのですか」

「なんだよ、許可って」

「家宅捜索の許可です」

「…………」

「逮捕状だけですよね。どこが出したものかは知れませんけれど、あなたが持参してきた令状は」

「ま、まあ、ここに書いてある通りだ」

「それが権威ある当局が発行した正式な逮捕状であるとしても、あなたに許されているのは逮捕だけということです。家宅捜索までは許されていないはずです」

ロラン夫人は決めつけた。繰り返すが、書面を読んだわけではない。我ながら大胆とは思いながら、ここは賭《か》けに出るしかない。

迷いはなかった。ああ、相手はサン・キュロットだわ。字なんか、まともに読めるはずがないわ。それが引け目になってもいるはずだわ。

「わかった。市政庁に確かめてくる」

まってろよ。そう捨て台詞《すぜりふ》を残すと同時に、こちらの胸に逮捕状だけ押しつけて、国民衛兵は立ち去った。

市政庁に戻るという。なるほど、革命中央委員会はパリ自治委員会を取りこんで、今やパリ市政庁を根城にしている。が、それならば、パリ自治委員会の名前を出せばよかったのだ。それなら正式な当局ということになるのだ。

――馬鹿じゃないの。

そう心に吐き捨ててから、ロラン夫人は踵《きびす》を返した。が、なんだか、またフラフラする。足元が覚束《おぼつか》ない。階段が辛《つら》い。しかも途中で、またぞろ息を呑《の》まされた。思わず胸を衝《つ》かれたのは、夫のロランが途中で迎えたからだった。

見上げれば逆光で、その頰《ほお》を削《そ》ぎ落としたように瘦《や》せた顔は、黒にしかみえなかった。どんな表情も読み取れない。が、それだけにロラン夫人は確信した。ロランは死人さながらの無表情なのだろう。

また声も消え入るばかりに小さかった。

「とうとう、来たかね。私のところに逮捕状が」

「あんなの、来たうちに入りませんわ」

昨晩ジロンド派の皆さんも仰《おっしゃ》っていたでしょう。ですから、大した蜂起じゃないんです、今回のは。そうやって片づけたが、さすがのロラン夫人も今回は背中にひやりとするものを覚えざるをえなかった。玄関に出たのが自分でよかったと、今さらに思われたのだ。

弱気なロランであったなら、非合法な逮捕状にも抗《あらが》わなかったに違いない。あんな程度でしかない国民衛兵も凌《しの》げずに、あえなく連行されていったに違いない。

「ですから、あなた、心配なさらないで」

と、ロラン夫人は続けた。ロランはおどけたように、肩を竦《すく》めてみせた。それでも、自由に出歩けるわけじゃないんだろう。

「私は奥に隠れているべきなんだろう」

「それは、ええ、念のために……」

「ということは、心配ないわけでもないじゃないか」

くどいばかりの理屈で返されては、ロラン夫人も閉口せざるをえなかった。憤然たる内心を隠すためには、もう無理矢理な作り笑顔くらいしか残されていない。

隠れているよう、夫に勧めていたのは事実だった。パリは蜂起した。蜂起のうちに入らないほど、お粗末きわまりない蜂起だが、九月虐殺の例もあれば、用心するに越したことはない。パリが静かになるまでは、自重したほうがよい。

「けれど、隠れているのがお嫌であれば、手を打てないわけでもありませんけれど」

そう切り返してやると、今度はロランの顔色が変わるのがわかった。慌てた様子で階段を下りてくると、こちらの肩に手をかけて、まさしく必死の懇願だった。止《や》めておくれ。おまえ、後生《ごしょう》だから無茶は止めておくれ。

「無茶なんか考えておりません」

「いや、無茶さ。無茶に決まっている。頼むから、おまえこそ部屋で自重してくれ」

どこにも行かないでくれと、悲鳴のようなものまで聞こえた気がした。が、それだからこそ、ロラン夫人は是が非でも身を翻《ひるがえ》したくなった。

我が身に縋《すが》りつこうとする夫のことが、苛々《いらいら》するほど煩《わずら》わしく感じられた。が、もうひとつには、思い違いを恐れる気分も強まっていたのだ。もしや、この蜂起は侮《あなど》れないのかもしれない。鈍感なロランがこれだけ追い詰められているのだから、考えていた以上に今回の蜂起は……。

――手を拱《こまね》いている場合じゃない。

切迫感が強くなった。となれば、ロラン夫人の決断はひとつである。ええ、やはり私しかいないんだわ。私が行動するしかないんだわ。ええ、あなた、私はきっと戻ります。

「二時間で戻りますから、できることはさせてください」

21──窮地

ロラン夫人が向かったのは、テュイルリ宮だった。

──まだ五時も回っていない。

議会は閉会していないはずだった。パリの蜂起《ほうき》という火急の事態にあって、定時に散会というのは、ちょっと考えられない話だ。でなくとも、審議が夜半にいたることが、しばしばなのだ。

──議会に行けば、なんとかなる。

とも、考えていた。頼もしい仲間がいるからだ。そのジロンド派が議会では優勢なのだ。仮に一歩テュイルリを出たとたん、人民大衆の脅威に曝《さら》されることになろうとも、その建物の内側だけは安全で、しかも全てが思い通りになるのだ。

──けれど、その道が遠い。

ゲネゴー通りのブリタニク館からテュイルリ宮まで、普段であれば十分、都心ならではの渋滞に巻き込まれても、せいぜいが十五分というところだった。なにせシテ島を経由して右岸に渡れば、あとは通りを西に折れて、サン・トノレ通り一本なのだ。

それだけの道程《みちのり》に、六月一日の夕《ゆうべ》は三十分もかかった。警鐘《けいしょう》に、警砲に、あるいは喇叭《らっぱ》に、太鼓にと、もはや虚仮威《こけおど》しの大騒ぎだけではなかった。

どこも大変な人だかりになっていた。すでにしてパリは真っ赤に染められていた。サン・キュロットの赤帽子《ボネ・ルージュ》で、通りという通りが埋め尽くされていたのだ。

——蜂起が拡大した。

もしやとは考えていながら、現実を目《ま》のあたりにして、なお簡単には信じられなかった。昨日までは、こうではなかった。騒いだ連中はいたけれど、窓辺の印象では数千人にすぎなかった。サロンでも二万人から三万人と打《ぶ》ち上げて、それは大袈裟《おおげさ》すぎる数字だと窘《たしな》められた輩《やから》がいたほどだった。なのに、今日の蜂起の群集ときたら、どうだ。

——少なくみても、五万人は下らない。

ことによると、十万人を数える。当のサン・キュロットたちが上げた数字を小耳に挟んだところでは、すでにして動員は八万を超えたという話である。

少なくとも二倍近く、ことによると五倍にまで膨れ上がり、もう昨日とは比べられない。かかる群集が肩を組み、腕を振り、あるいは足を踏み鳴らしながら、繰り返しの標語にして、または風刺の歌にして、あらんかぎりの声をひとつに合わせていたのだ。

「ジロンド派を追放しろ。ジロンド派を追放しろ」

吐息に胸奥《きょうおう》の熱情が託《たく》されるのか、六月のパリに満ちていたのも、すでに八月と思《おぼ》しき温度だった。人波に揉《も》まれるほどに、汗だくにならざるをえない。忙《せわ》しなく顔をハンケチで拭《ぬぐ》いながら、これは涙などではないと強がるロラン夫人も、さすがに認めないわけにはいかなかった。

――勢いづいている。

折り重なる建物にテュイルリ宮の姿が覗《のぞ》く段になれば、いよいよ軍隊までが目に飛びこんできた。国民衛兵の青い軍服は整然と隊伍《たいご》を組み、宮殿東面の車寄せに通じるカルーゼル広場まで、もうすっかり占拠していた。

ロラン夫人が歩みを寄せる今このときも、国民衛兵隊は移動の号令を発しながら、幾重にも軍靴《ぐんか》の音を重ねていた。恐らくは西側にも進駐して、庭園まで全て制圧しようというのだろう。できることならテュイルリ宮を、完全に包囲しようというのだろう。

――それでも怖いわけではない。

実際、怖い思いはしなかった。出がけにロラン夫人は、市井《しせい》の御上《おかみ》さん風に着替えてきた。

簡単ながらも変装というわけだったが、いざ身支度を整えてみると、元がパリの職人の娘だけに、自分でも嫌になるくらい様になった。肩掛けの鞄《かばん》まで携えた日には、掛け売りの集金に忙しくしている、小売りの女房そのものといった体《てい》にもなる。

もちろん、馬車も使っていない。混み合う都心にあっては普段から、馬の足でも、人の足でも、かかる時間に大きく差が出るわけではない。が、自分の足で歩けばこそ、ひしひし伝わる実感として、蜂起の拡大を認めることができたのだ。

それでも怖いわけではない。ブリタニク館で国民衛兵を迎えたときから変わることなく、サン・キュロットの暴挙など怖いとは思わない。

変装のおかげもあったが、そのこと以上に肝《きも》が据わった感じがあった。あるいは神経が麻痺《まひ》しつつあるのかもしれないが、いずれにせよ闇雲《やみくも》に怯《おび》える気分はなかった。ええ、今さら怯えてみたところで、どうなるわけでもないわ。身体《からだ》を縮めて、小さく固まってしまうなら、それこそ連中の思う壺《つぼ》だわ。

カルーゼル広場を抜けるときも、ロラン夫人は別段コソコソしなかった。テュイルリ宮のなかに進んでも、目に飛び込んでくるのは軍服だったが、外の連中に比べると、遥《はる》かに規律が行き届いている印象だった。

なるほど、これは兵士というより、正しくは議会の衛視だ。もうロラン夫人は傍聴許可証をみせるだけでよかった。関係者だけの特権として、正規に発行されたものだ。狭い廊下を通り抜けて、「からくりの間《マシーヌ》」に出入りできるのは、今もって選ばれた者だけなのだ。

とはいえ、今日のところは傍聴席に向かうわけではなかった。テュイルリ宮に到着するや、確かに「からくりの間」に急いだが、ロラン夫人は廊下から先には進まなかった。

──ここから中の議員を、うまく呼び出さなくてはならない。

審議拒否が許される雰囲気でなし、ほとんどの議員は出席しているはずだった。廊下から様子を窺《うかが》うと、ぴたりと閉じた大扉を間に挟んで、なお罵声《ばせい》の応酬が絶え間なく響いて聞こえた。その日も国民公会《コンヴァンシオン》は大荒れの様子だった。

午前のうちから下男を遣わし、ロラン夫人が自宅で受けた報告によるならば、六月一日の議会は、いつもながらといおうか、バレール提案で幕を開けたようだった。

公安委員会の名前で発議されたのは、五月三十一日の経過についてフランス全土に報告しよう、パリは蜂起したが、言論の自由は守られたと、高らかに宣言しようというものだった。

バレールなりに、あるいは公安委員会なりに、事態の収拾を図ろうとしたわけだが、これにジロンド派は猛烈に反対した。そんな大嘘《おおうそ》を全土に流布させるわけにはいかない。パリの暴力で言論の自由は脅かされたと、かかる告発こそ全てのフランス人の耳に届けたい。

そうやって反論すれば、なにが暴力だ、不当逮捕で言論を弾圧したのは十二人委員会のほうじゃないかと、ジャコバン派もしくは山岳《モンターニュ》派とても引き下がらず、かくて議会はのっけから大荒れになったと、そうした経過ならばロラン夫人も聞いていた。

——しかし、それなら決着したはず。

バレール提案は容《い》れられた。国民公会は賛成多数で、言論の自由が守られた旨の宣言を採択した。端的にいえば、ジャコバン派が勝ち、ジロンド派が負けた。

それまた解《げ》せない決着ではあった。多数派を占める平原派《プレーヌ》もしくは沼派《マレ》が、ジャコバン派につき、ジロンド派から離れたということだからだ。パリの民心を慰撫《いぶ》して、蜂起の事態を速やかに解消したい。そうした思惑は察せないではないながら、それにしても、ほんの昨日までなら考えられなかった結果なのだ。

なんとなれば、パリは確かに蜂起したが、それは勢いがなかった。

「…………」

なるほど、自ら足を運んでみればわかる。パリの蜂起は勢いを増していた。今日になって、いきなり別物に長じた。全体なにが起きたのか、それは定かでないながら、変化ばかりは厳然たる事実であり、それに議会も敏感に反応したというわけだ。

実際のところ、平原派もしくは沼派の議員は、つれなかった。小用で議場を出てきたところを捕まえ、何度か言伝《ことづて》を頼もうとしたが、ジロンド派の名前を出すと、たちまち気まずい顔になった。それから後は掌《てのひら》を小刻みに振られて、無言で断られるのみだった。

ロラン夫人は礼儀正しい衛視の袖《そで》に、心づけを忍ばせるしかなかった。が、せっかく言伝を届けても、今度はビュゾが応じてくれなかった。

いうまでもなく、めあてはこの男だった。確かに夫のこともあるが、とにかく会いたかった。状況の悪化が危惧《きぐ》されるほど、一目でもビュゾに会いたい。最愛の恋人と向き合って、その無事を確かめたい。夫のことは、それからだ。

——なのに……。

ロラン夫人は二度、三度と試してみたが、ビュゾは決して廊下に出てきてはくれなかった。仕方がないので、衛視にはジロンド派の議員の誰かにと頼んだ。応じて抜け出してくれたのは、ヴェルニョーだった。ああ、ヴェルニョーなら、最高だわ。夫のことを頼むなら、最高だわ。

「実際、どうなっておりますの」

廊下の隅に誘うや、ロラン夫人は一番に聞いた。すでにしてヴェルニョーは重苦しい顔だった。いつもなら無条件の自信を、表情の明るさにしているような男が、である。

「正直、追いこまれてきました」

それがヴェルニョーの返事だった。額面以上に危ない、絶体絶命の窮地だろうと、ロラン夫人は解釈した。

「ええ、そうなのです。ついにバレールが勇気ある決断を勧告しました」

「それというのは……」

「ジロンド派は自ら議員辞職する勇気を持てというのです」

「そんな馬鹿な……。だって、国民公会はジロンド派の追放には応じないはずじゃありませんか」

それが午前の議決の落としどころだった。五月三十一日の蜂起の事態にも言論の自由は守られた。かかる収束宣言を容れるかわりに、国民公会はジロンド派の追放には応じないと、密《ひそ》かな手打ちが行われたとも聞いていた。劣勢を強《し》いられながら、それくらいの取り引きを成り立たせる余力は、まだ温存していたのだ。それが夕には、ここまで追いこまれるなんて……。

「まさか、革命中央委員会が」

「ええ、そうなんです、ロラン夫人」

ヴェルニョーが続けた説明によると、なんでも今朝《けさ》早くにマラが、市政庁に自ら足を運んだのだという。

「目を覚ませ、人民諸君。君たちこそ主権者なのだ。国民公会に行こうじゃないか。そうして諸君らの要求が通るまでは、決して立ち退《の》かないことにしようじゃないか」

これでパリは俄然《がぜん》やる気になった。ヴェルニョーによれば、蜂起の人数が急増したのも、人々の士気が上がったのも、なかんずく国民衛兵隊司令官アンリオが人変わりしたかのように積極的になったのも、ひとえにマラの激励を受けての話なのだという。

「まったく恐ろしい男もいたものです」

蜂起委員会なのか、革命中央委員会なのか、あるいは実質パリ自治委員会なのか、とにかく市政庁に陣取る蜂起の首脳たちにしても、張り切り方は全く同じのようだった。半日かけて整えたとみえて、午後には国民公会に新しい建白を上げてきたのだ。

「ええ、それまたマラの指導だったようです。さきほど革命中央委員会の代表としてアッサンフラッツがやってきて、国民公会に正式に要求しました。ジロンド派の議員二十二人を逮捕せよと」

と、ヴェルニョーは続けた。さすがのロラン夫人も瞠目《どうもく》せざるをえない。

「そ、そんな要求が、あっさり通ってしまったというのですか」

「まさか、通るわけがありません。けれど、否決されたわけでもない。というのも、またもやマラです。あの男が壇上から再び指図《さしず》したのです。食い止めようとしましたが、ついに止めることができなかった。ええ、国民公会はマラのいいなりになりました。アッサンフラッツ提案を公安委員会に回して、三日以内に報告をまとめるようにと命じたのです」

それが議会の結論です。そうまとめる段になれば、いよいよもってヴェルニョーは、廊下の床に膝《ひざ》から崩れ落ちんばかりだった。

22――戦略

いくらか言葉が足りなかったが、ロラン夫人は憶測で補いながら、おおよそを理解した。

その「三日以内」というのは恐らく、ジロンド派に猶予を与えるという意味だろう。できれば国民公会《コンヴァンシオン》は、あからさまな決議など出したくはない。公安委員会にしてみても、議員の逮捕などという、重い判断は下したくない。そうした気分を代表して、バレールは議員辞職の勇気を持てと勧めたのだ。

三日の間に政治生活を自ら断念してほしい。そう持ちかけるまでに、議会は弱腰になったということだ。そう強《し》いるまで、パリは増長したということだ。にもかかわらず、ジロンド派のほうも、きさまら、あんまり調子に乗るなよと、簡単には一蹴《いっしゅう》できなくなっているのだ。

――本当なら……。

こんな不愉快な思いはしなくてよかった。だから、いわないことじゃないと、今もロラン夫人には男たちを叱《しか》りつけたい気分があった。ええ、国民公会ごとパリを離れることにしていれば、こうまで追いこまれることはなかったのに……。十二人委員会などに固執せず、さっさとブールジュに引越していれば、パリの蜂起《ほうき》になど煩《わずら》わされずに済んだのに……。今頃《いまごろ》は逆にジャコバン派のほうを追放できていたかもしれないのに……。

「で、ロラン夫人、あなたの御用というのは」

ヴェルニョーに続けられて、ロラン夫人はハッとした。ああ、そうだった。

「ロランに逮捕状が出されました」

「なんですって。革命中央委員会が……。議員ならざる元の閣僚には、すでに逮捕命令までが……」

ロラン夫人は頷《うなず》きを返した。ヴェルニョーは急《せ》くように先を続けた。

「それでロラン氏は逮捕されてしまったのですか」

「それこそ、まさかです。ロランは留守だといってやりました。非合法な組織が出した無効力の逮捕状などに、唯々諾々《いいだくだく》と従う義務などないのだと、私、手厳しく突き返してもやりましたわ」

「蜂起の連中は、大人しく引き返したのですか」

「ええ。家宅捜索をするとかなんとか頑張りましたが、効力を発しない令状にしても、家宅捜索の許可は書かれていないじゃないかと、そのときもやりこめて。あいつら、市政庁で確かめて、出直してくるなんて、捨《す》て台詞《ぜりふ》めいたことを……」

「ということは、ロラン氏も一種の猶予を与えられたわけだ」

議会の内でも外でも、ジロンド派が置かれている状況は同じだ。ヴェルニョーとしては、それくらいの理屈で口にしたのかもしれない。が、その言葉にロラン夫人は違和感を覚えた。もう敗北まで時間の問題でしかないと、そんな風に聞こえたからだ。

あるいは議員たちとなると、とうに諦《あきら》めに傾いているのかもしれないが、こちらには負けを容《い》れるつもりはなかった。もちろん、このまま手を拱《こまね》いているつもりもない。

ロラン夫人は肩掛けの鞄《かばん》を探った。

「ここに実際の逮捕状をもってきました。ヴェルニョーさん、これを議会で読み上げてくださいませんか」

とも、切り出した。ええ、ヴェルニョーさん、あなたの雄弁をもってすれば、恐らく造作もありますまい。というのも、蜂起の連中ときたら、こんな横暴にまで手を染めてしまったのです。正式な議会の決議を経たわけでもないというのに、一市民の命運を一存で左右できると思い上がっているのです。

「これが法治国家ですか。苟《いやしく》も文明社会の成員に許される振る舞いなのですか。いえ、断じて違いますでしょう。ヴェルニョーさん、あなたの力をもってすれば、その非を鳴らして、ロランの窮地を救うことだって……」

「できるかもしれません。けれど、今の状況では……」

「難しいと仰《おっしゃ》いますの」

「ええ、逮捕状を読み上げたところで、今の議会は耳を貸してなどくれないでしょう。それどころか、ロランの逮捕だけじゃ足りない、議員たちも逮捕しろ、三日も猶予をやる必要はないだなんて、またぞろ話を蒸し返すかもしれない。とりあえず平静を取り戻したのですから、それを無用に刺激するなんて、私としても気が進む話じゃありませんし……」

「議会は、そんなに……」

「ええ、残念ながら」

もはやヴェルニョーからは、欠片《かけら》の戦意も感じられなかった。ロラン夫人は思い知った。やはり猶予を与えられたにすぎなかった。ロランにしても敗北まで、もはや時間の問題でしかなかった。

当たり前だ。まだ議会を頼みにできるだろうと来たところが、こちらでも窮地に追いこまれていたのだ。パリの蜂起に勢いづかれてしまった今、打てる手など全て奪われてしまったのだ。

ゲネゴー通りからテュイルリ宮までの道々で、いや、不遜《ふそん》な逮捕状を突きつけられた時点で、さっさと気づくべきだった。いや、今からでも遅くない。取り違えようもない危機であれば、もう一刻も躊躇《ちゅうちょ》はならない。

「ビュゾさんに、これを」

いいながら、ロラン夫人は肩掛けの鞄から、もうひとつ紙片を取り出していた。なんですかと問う前に、ヴェルニョーは怪訝《けげん》そうに眉を顰《ひそ》めた。

「ビュゾに、ですか」

唐突に聞こえたのだろう。どうしてビュゾなのかと問われれば、もちろん詳《つまび》らかな理由は答えることができない。この胸に秘めた思いをヴェルニョーに見抜かれてしまうのかと慌てる前に、ロラン夫人は続けることができた。

「ええ、それからペティオンさんには、これを。ブリソさんには、ああ、これですわ。もちろん、ヴェルニョーさんにもあります」

「手紙ですか。封はされていないようですが……」

「手紙というわけではありません。なかには連絡先が書いてあります。フランスの各地方において、熱心にジロンド派を支持してくださる方々の一覧です」

「私たちに逃げろと仰るのですか」

ヴェルニョーの目に責めるような色が宿った。が、信じられない思いは、こちらのほうだ。ああ、男たちは、どうしてこうなのかしら。

国民公会のブールジュ移転を進めたときも、逃げるのは嫌だと難色を示された。あのときなら、まだしも逃げずに済むと楽観するだけの余裕があったかもしれない。が、それも今や尽きているのだ。逃げるというのは確かに不面目な話だが、それでも殺されたり、でなくとも身柄を拘束されたりするよりは、何倍もマシではないか。

「逃げませんよ」

ヴェルニョーは一考する素ぶりもなしに、直後に拒否した。やはり、そうだ。男たちは、逃げたくないのだ。ビュゾさんも、そうなのだ。

いくら呼び出しても、ビュゾは応じようとはしなかった。逃げるよう勧められることを、すでに察していたからだろう。断じて受け入れられない話であれば、思いを確かめあった恋人に勧められるほど気詰まりだと、すっかり見越してしまったのだろう。

「けれど、どうしてわかってくださいませんの」

「わかれというのが無理な話だ。だって、そうでしょう、ロラン夫人。私たちは議員なんです。正式な選挙で選ばれた国民の代表なんです。その地位を一存で放棄するなんて、どう考えても道義にもとる。ええ、絶対に辞められない。ええ、ええ、もし死ななければならないものなら、私は議員として死にたいと思っています」

「とはいうものの、本気で死ぬ度胸なんかねえんだろ、ヴェルニョー坊《ぼ》っちゃん」

逃げろよ。無理しねえで、逃げちまえよ。そう続けて割りこんだのは、やけに野太い声だった。しかも、みえない気配が大きい。廊下奥の暗がりから歩みよられた日には、なにか巨大な獣でも出現したかと思ったほどだ。それほどまでに巨軀《きょく》は迫力満点なのだ。

「ダントン、おまえ、無礼をいうなよ」

ヴェルニョーに怒鳴られても、ダントンには悪びれる様子もなかった。中途半端に肩を竦《すく》めただけだった。

「気分を悪くさせちまったんなら謝る。ただヴェルニョー、悪いことはいわねえ。ロラン夫人のいうように、ここは逃げるが勝ちというもんだぜ」

「なに」

「だって、議員辞職するつもりはねえんだろ」

「ないな」

「だったら、逃げるしかねえだろう。でねえと、本当に殺されちまうぜ」

「…………」

「ああ、マジまずくなってきやがった、今回の蜂起も、よお」

ヴェルニョーは答えなかった。いわれるまでもないということだろう。といって、分別くさい沈黙に収めておける感情でもない。桃色の鬘《かつら》を自ら剝《は》ぎとり、それを廊下の床に叩《たた》きつけると、四壁に響くくらいの声で叫んだ。

「ちくしょう、マラの奴《やつ》め、ちくしょう」

対するにダントンの答えが、こうだった。いや、マラ先生だけじゃねえぜ。

「今回の蜂起にはヴァルレ、ドブサン、誰よりエベールが動いてるんだ。侮《あなど》れたもんじゃねえ。マラの叱咤激励《しったげきれい》だって、実はあいつらが仕組んで、あいつらがマラに頭を下げて、それで実現したんじゃねえかと、俺《おれ》はみている」

「………」

「といって、なに、そんな深刻に考える話でもねえ。辞めるとか、逃げるとか、そんな大袈裟《おおげさ》な言葉を使っちまうから、なかなか踏み切れなくなるんだ。少し雰囲気を変えて、ここは戦略的撤退とでもいっちまえ」

「しかし、あるのですか、戦略が」

ヴェルニョーが答える前に、ロラン夫人は自分が出て、話を受けた。ええ、私たちが頼みにできる戦略といったものがあるなら、ダントンさん、それを是非にも教えてください。そのためになら、あなたに感謝の気持ちを表する用意だって、私たちにはありますのよ。

23——逃亡の勧め

「ですから、これは戦略的撤退にすぎないのです」

そう告げる声が今にも大きくなりそうで、ロラン夫人は恐ろしくてならなかった。声が聞かれることだけは避けなければならなかった。なんとなれば、すぐ階下まで来ているのだ。

「今《ジャ》まいり《リー》ます《ヴ》、今まいります」

声だけで、なかなか開かれない扉に苛立《いらだ》つかのように、扉が派手に打ち鳴らされてもいた。ダン、ダンと量感ある音が大きく響くことで、ちょっとやそっとの会話くらい掻《か》き消してくれるのは僥倖《ぎょうこう》だった。

こちらの言葉は聞き咎《とが》められていない。こちらが置かれた状況についても、まだ悟られていない。が、その状況というのが切羽詰まったものなのだ。

「ロランはいるか。逮捕状が出ている。ロランはいるか」

単なる捨《す》て台詞《ぜりふ》ではなかった。夕《ゆうべ》の四時に訪ねてきた国民衛兵は、新しい逮捕状と一緒に本当に出直してきた。ロラン夫人がテュイルリ宮から帰って間もなくの話であり、恐らくは上に問い合わせて、家宅捜索の許可も得てきているだろう。

革命中央委員会は強気だ。怖いものもなくなっている。国民公会《コンヴァンシオン》が反対しようと、諸県が抗議を寄せようと、知ったことかと、前の大臣くらいは本気で逮捕する気でいる。

家宅捜索の許可を出すのも、躊躇《ちゅうちょ》しない。ならば、早晩サン・キュロットの群れが乗りこんでくる。

政情を詳《つまび》らかに読めるわけではないながら、玄関扉を叩《たた》く勢いに自《おの》ずと察するところがあったのだろう。ブリタニク館の雇われ人たちは、必死に声を殺してなお、もはや悲鳴に近くなっていた。奥さま、まだでございますか。奥さま、もう扉が破られてしまいます。

「ですから、あなた、お逃げください」

必死に説いていた相手は、夫のロランだった。

テュイルリ宮で、ロラン夫人の心は決まった。逃げるしかない。今こそ逃げるしかない。すでに逮捕状が出ている夫を、誰より先にパリから脱出させなければならない。ええ、まだ裏口からなら逃げられます。ちょうど夕闇《ゆうやみ》に紛《まぎ》れることができます。ええ、ええ、この鞄《かばん》ひとつ、お持ちになってくだされればよいのです。路地を出た先のユニヴェルシテ通りには、馬車も待機させてあります。御者《ぎょしゃ》に全て言い含めておきました。サン・ジャック門の門番、ええ、あそこの税関跡を管理している役人にも金子《きんす》を握らせ、とうに買収してあります。

「ただ車室に収まって、ええ、あなたは本当にノルマンディまで、ただ運ばれていけばよいだけなのです」

逃亡の手筈《てはず》は、すっかり整えられていた。荷造りから馬車の予約、パリの手が届かない地方での逃亡先の確保、夫が匿《かくま》われるべき間借りの手配にいたるまで、事前にできることは遅くとも一月《ひとつき》前までには全て整えられていたのだ。

御者を捕まえ、選ぶべき道、寄るべき宿駅と、逃避行の手順を確認したり、アッシニャ紙幣ならぬ銀貨を握らせ、門番に因果を含めてきたりと、直前になされるべき仕事も、テュイルリ宮からの帰りに済ませてきている。

ひとつとして迷いはなかった。なにしろパリからの逃亡、ジロンド派を支持する地方への脱出というのは、ロラン夫人が数月来唱えてきた方策なのだ。計画は徹底的に考え抜かれ、あとは実行に移すのみなのだ。

「いや、けれどね、おまえ、逃げたところで、なにも解決しないのじゃないかね」

なおも夫は理屈を並べた。というのも、逃げるというのは、なんというか、なにか、やましいところがあるみたいじゃないか。恥じるところがないというなら、むしろ潔く出頭するべきじゃないか。裁判になるならなるで、堂々と弁明すれば……。

「死ぬだけですよ、ルイ十六世のように」

「…………」

「ですから、蜂起《ほうき》の連中に勝ちを与えてはならないのです。ええ、ひとつの勝ちもあげられません。小さな勝ちも譲れません。今だけは全てを取り上げなければならないのです。つまり逃げることこそ最善の策です。ええ、ええ、ダントンさんが請け合ってくださった通りです」

そこは何度も説明させていただきましたと、さすがのロラン夫人も語気を強めずにはいられなかった。それはテュイルリ宮でのやりとりだった。

「今は逃げたほうがいい」

出端《ではな》こそ低調だったが、ここに来て蜂起は盛り上がってきた。これと狙《ねら》いを定めたら、それを一気に攻め落とすだけの爆発力も蓄えている。殺されたルイ十六世じゃないが、今回のジロンド派も楽観は許されない。そう厳しく釘《くぎ》を刺したうえで、ダントンは明かしたのだ。

「それでも長続きはしねえ」

そう断じる理由も頷《うなず》けるものだった。ああ、しょぼい蜂起がぐいぐい勢いを増した理由は、マラ先生の応援演説ひとつで説明できるものじゃねえ。それでアンリオに気合が入ったことは事実だが、パリのサン・キュロットどもとなると、実は「人民の友」の声ひとつ聞いちゃいねえ。

「急に人が増えた理由をいえば、エベールの仕事さ」

「あの『デュシェーヌ親爺《おやじ》』も檄文《げきぶん》を載せたということですか」

「煽動《せんどう》の文言《もんごん》ひとつで蜂起できるほど、世のなか甘かねえ。大衆ってのは、自分が聞きたいときに自分が聞きたい言葉が吐かれるのでなきゃあ、ひとの話なんて聞くもんじゃねえのさ」

「それでしたら……」

「言葉以上に雄弁なものがあるってことよ」

「お金ですか」

「さすがはロラン夫人だな」

五月三十一日の夜から六月一日にかけてエベールがした仕事というのが、それだった。自ら『デュシェーヌ親爺』の売り上げを全て吐き出し、より正確には陸軍省の高官になっているロンサン、ヴァンサンというような仲間を動かしながら、軍隊に配布される予定の次号購読料の前金と称して、その金庫から大枚《たいまい》を引き出した。

さらに仲間を叱咤激励《しったげきれい》、パリ自治委員会の面々、それに蜂起委員会、革命中央委員会と名乗る面々にも私財を投じさせ、あるいは申し込めるだけの借金を申し込ませて、とにかく金を出させたのだ。

「そいつをパリのサン・キュロットどもに、気前よくばらまいたってわけだ」

その総額、実に十五万フランに上る。そう明かしながら、ダントンは苦笑で続けたものだった。要するに日給がわりだ。日に四十スーもらえるなら、働き者のサン・キュロットは骨折りを惜しまねえって理屈だ。

「仕事になるなら、蜂起にだって、なんにだって、いそいそ馳《は》せ参じるわけだ」

「けれど、そのためには自分の仕事を休まなければならないのでは……」

「今日六月一日は土曜だぜ」

「………」

「仕事は早仕舞いにできる。遅くとも夕方からは羽目を外せる。なにせ明日は神の安息日、つまりは休みだってことで……」

「明日にかけてが、蜂起の最高潮というわけですね」

「教会のほうは最近すっかり人気がなくなっちまってな。ことさらパリに関していえば、真面目《まじめ》にミサに出るなんてサン・キュロットは、もう奇特な部類に属するからな。ああ、明日の日曜にはやってくるだろう。いよいよもって労働者の休日なんだから、このテュイルリ宮に今日以上の数でな」

「裏を返せば、明後日《あさって》の月曜になれば、蜂起は収束するということかしら」

と、ダントンは指を立てた。また日当を払うといえば、サン・キュロットも明後日くらいは仕事を休むかもしれねえ。いや、ただ騒ぐだけで金になるなら、次の日だって、そのまた次の日だって、パリの輩《やから》はやる気まんまんだろうさ。

「ところが、その金が続かねえ」

「ですか。ええ、でしょうね」

「エベールたちも必死に掻き集めちゃいるが、土台が富豪というわけでなし、なけなしの軍資金は恐らく一週間ともたねえよ」

「だから、今は逃げろと。じき嵐は止《や》むからと」

「そうだ。少なくとも命は助かる。牢屋《ろうや》に入れられなくて済む」

「しかし、逃げたが最後でジロンド派の復権はなくなるのでは……」

「そいつも、なんとかなるだろう」

「と仰《おっしゃ》るのは……」

「ロベスピエールは迷ってる」

「…………」

「できることなら穏便に済ませたい、つまりは心が痛まないように解決したいなんて、自分に都合がいいような話ばかり考えている」

ダントンが打ち出した、もうひとつの見立てがそれだった。ああ、国民の代表ともあろう議員を、暴力で排していいのか。それは議会政治の否定ではないのか。独裁の責めを免《まぬか》れえないのではないか。そうやって逡《しゅん》巡《じゅん》しているからには、ジロンド派の処断についても、苛烈《かれつ》な糾弾《きゅうだん》は望まねえだろう。

「てえことは、この数日だけ逃げ隠れしてくれればいい。パリの怒りだけ空振《からぶ》りに終わらせれば、あとは俺《おれ》さまがうまくとりなす。ロベスピエールは文句をいわねえ。マラは騒ぐかもしれねえが、ひとりだけなら抑えられる。てえことは、ジロンド派は議員を辞める必要がねえし、ましてや外国に亡命することもねえ」

そうしたダントンの言葉には、当然ながら裏もあった。

「俺さまがうまくとりなす。そのかわり復帰後の議会では、ジロンド派に俺のいうことを聞いてもらう」

いくらかダントンに幅を利かせられることは、やはり避けられないようだった。が、あちらのマラではないが、こちらもダントンひとりなら、どうとでもできるのだ。なにより、蜂起の猛威に一気に押し流されて、これきり破滅してしまうよりはマシだ。

24――再びの逮捕状

「早く開けろ。革命中央委員会の命令が聞けないってのか」

国民衛兵の声は続いていた。ダンダンと殴りつける勢いで扉を叩《たた》き続け、のみならず、そろそろ声まで怒鳴り加減になっている。

「しかし、おまえ、私ひとり逃げるというのは……」

またロランも続けた。ああ、おまえを残しては、いけないよ。そうやって、なおも容易に承服しようとしなかった。

どうして男は、こうなのだろう。ただ何日か逃げるくらいのことが、どうして、こうまで難しいというのだろう。苛々《いらいら》はとうに限界に達していたが、それでもロラン夫人は自分を殺し、さらに情理を尽くして説得した。ええ、どうでも私は残らなくてはなりません。

「私が残らなければ、逮捕状を掲げるあの居丈高な輩《やから》に、ぜんたい誰が応対するというのです。私までいないとなれば、その時点で遁走《とんそう》が疑われてしまいます。すぐに官憲が動いて、徹底的な捜査が始められてしまいます」

「しかし、私だけ助かるというのは……」

「このままだと、あなたひとりも助からなくなるというのです」

「けれど、おまえを犠牲にしてまで……」

「犠牲になどなりません」

そこでロラン夫人は無理矢理にも笑顔を作った。説得力ある笑顔だ。少なくとも夫は逆らえない笑顔だ。ええ、私なら、大丈夫です。だって、私は議員でも、大臣でも、男でさえありませんもの。選挙権すら持たない女を、どんな政治の罪で罰するというのです。

「しかし、ウドールもいることだし」

と、ロランは娘の名前を出した。刹那《せつな》の心に、乾いた音を立ててパリンと割れたものがあった。カッとなったということだろう。気がつけば金切り声を張り上げていた。

「ウドールがいるからでしょう。あの子を逃避行に同道させるというのですか。危険な橋を渡らせたいというのですか」

「それは……、ああ、できないけれど……」

やりこめられた格好で、ロランは沈黙に後退した。ようやくハッとなって、ロラン夫人は再び自分の声を低めた。

「とにかく、娘がいるからこそ、私はパリに残らなければならないのです」

「だから、私も一緒に残るといってるじゃないか」

「逮捕されながら、ですか。監獄に入れられて、それで一緒なのですか」

「…………」

「どのみち、一緒にはいられないのです。それならば、せめて私を罪人の妻にしないでください。ウドールのことを、パリのサン・キュロットの連中などに、祖国の敵の娘と呼ばせてよろしいのですか」

「それは、ああ、無論のこと無念だが、それでも家族が離れ離れになるというのは……」

「そんなにもお嫌なら、どうして、もっと早くに決断してくださらなかったのです」

声を低めていればこそ、最後は真正面から怒りをぶつける体《てい》になった。ええ、国民公会をブールジュに移そうとなったとき、どうして、もっと真剣に皆を説得してはくれなかったのですか。あのときパリを離れることができていれば、私だって、ウドールだって、なに恐れるものもなく、あなたと一緒に馬車に乗って……。

ロラン夫人は手摺《てす》りを頼りに階段を下りていった。玄関に向かうまでの数秒で、すっかり平静を装わなければならなかった。ええ、今の今まで横になっていたのですといわんばかりに、ぼんやり眠たげな目をしながら……。わざと髪など撫《な》でつけながら……。

「お待たせいたしました。あれから加減が優れませんで、奥で休んでおりましたもので」

扉を開けて迎えるや、やはりというか、さっきと同じ国民衛兵で間違いなかった。くわと嚙《か》みついてくるかの勢いで、一番に詰問を飛ばしてきた。

「ロランは帰ってきたのか」

「いいえ、まだです」

「今度は家宅捜索の許可をもらってきた。入らせてもらうぞ」

こちらが諾《ウイ》でも否《ノン》でもないうちに、国民衛兵は突進してきた。あとに赤帽子《ボネ・ルージュ》の群れが続いた。さっきより人数が増えたようでもあった。

「いたか」

「いない」

「そっちの部屋はどうだ」

「いない。娘が泣いているだけだ」

パタパタ足音を鳴らしながら、ウドールが駆けよってきた。まだ十五にもならない子供だ。怯《おび》えるのは当然だ。胸に飛びこまれたものを抱きとめながら、その滑らかな髪を撫で撫で、ロラン夫人は静かに宥《なだ》めることができた。大丈夫、大丈夫。本当にウドール、なにも心配しなくてよくてよ。

その娘の薄くて小さな肩が、びくと跳《は》ねた。ガシャンと耳障りな音が弾《はじ》けたからだった。奥の部屋の話であれば、なにが起きたのかは詳《つまび》らかでないながら、恐らくは壺《つぼ》か何かが倒されて、粉々に割れたのだろう。

それは始まりにすぎないと、覚悟しなければならなかった。

「仕方ない。証拠物件の押収と行くぞ」

「金目のものは差し押さえの封をすればいいんですね」

「ああ、そうだ。とにかく、全部だ。全部、ひっくりかえしてしまえ」

荒々しい物音が続いた。それでもロラン夫人は怯える娘の髪の毛を、変わることなく静かに静かに撫で続けた。ええ、大丈夫、大丈夫。ただね、ウドール、後で母さまを手伝ってもらうことにはなりそうだわね。

「後片づけは少し大変そうだわね」

そう言葉を結びながら、ロラン夫人は本当に静かな心で、ふうと大きく息を吐いた。

ふう、なんとか間に合った。

ロランは逃走を容《い》れてくれた。最後には折れて、裏口を出てくれた。決めるまで時間がかかる人だ。そのかわりというか、いったん始めてしまえば、みかけによらず行動は速い。もう今頃《いまごろ》は馬車に乗ったに違いない。ことによると、そろそろ市門を出る頃かもしれない。

――だから、もう後片づけだけ。

国民衛兵は変わらぬ怒鳴り声だった。捜せ、捜せ、証拠になりそうなものは、紙屑《かみくず》ひとつ残さず押収するぞ。デュシェーヌ親爺《おやじ》がいってたように、革命裁判所で裁判になるかもしれないんだ。言い逃れなど許さないように、徹底的に家捜しするぞ。

――おやりなさい。ええ、気が済むまで、おやりなさい。

お生憎《あいにく》さま、下手《へた》な証拠を残すなんて、それほど私は愚かな女じゃありませんけど。

そう心に続けたときだった。ロラン夫人は気がついた。青い軍服はひとりではなかった。もうひとり新手がいて、その国民衛兵は玄関に立ち尽くしたままだった。

同僚のように荒らげた声を上げるでもなく、なるほど、比べれば多少は賢そうな顔だった。いや、やはり頭がよいわけではない。どうしてって、わけがわからないことを口走る。

「ロラン夫人、逮捕状が出ています」

「承知しております。けれど何度も申し上げましたように、主人は留守にしているのです。いないものは、どうしようもないのでは……」

「いいえ、ですから、マノン・ロラン夫人、あなたに対する逮捕状です」

「…………」

「逮捕いたします」

「まだ家宅捜索は終わりませんね」

「ええ、もう少し続くようです」

「でしたら、その間に色々と準備してよろしいかしら。私がいない間の娘の世話とか、知り合いに頼まなければならないでしょう。諸々《もろもろ》の支払いなんかも済ませておきたいと思いますし。もちろん、なにか企《たくら》んだなんて、あとで疑われたくありませんからね。あなた、そばで監視していてくださいな」

そう答えて、ロラン夫人は慌てなかった。いや、決して慌てまい、そんな醜態は意地でもみせまいと、必死に自分に言い聞かせた。ジロンド派が救われるなら、私が逮捕されるくらいのことはなんでもない。遠からずジロンド派の復権はなるのだから、大したことにもならない。もとより議員でも、大臣でもなし、女ひとり逮捕されたからとて、なにがどうなるものでもない。

――監獄に守ってもらえると、それくらいに考えればいいんだわ。

なにをしでかすか知れない、パリのサン・キュロットどもに囲まれて暮らしているより、かえって安心なくらいだわ。そう心に強がりながら、それでもロラン夫人は繰り返さずにはおれなかった。

――後片づけは少し大変そうだわね。

国民衛兵がみているにもかかわらず、ロラン夫人は襟元《えりもと》から手を差し入れた。はしたないと思われようと、それはいたしかたない。乳房をなおすようなふりで、肌着の縫いこみに確かめたのは粉末の小袋だった。

それまた周到に用意されたのは、いうまでもなく、自殺のための毒薬だった。堪えがたい辱《はずかし》めが加えられるなら、そのときはこれに頼ればよいだけだった。

25――剣呑

喧嘩騒《けんかさわ》ぎはルイ・ルジャンドルだった。

この同じテュイルリ宮に押しこんで、ルイ十六世を捕まえるや、さんざの悪態をついたのが一七九二年六月二十日、おおよそ一年前の話である。あのときのパリの肉屋も、今や国民公会《コンヴァンシオン》の議員であり、大威張りで「からくりの間《マシーヌ》」に進める身分になっていた。

――それでも、根の短気は変わらないらしい。

議席から眺めながら、デムーランは苦笑せずにはいられなかった。

商売道具の包丁を振り回すわけではないが、それでも言葉より先に手が出る質《たち》は変わらない。なに、議論で勝とうと思うんなら、相手を張り倒すのが一番の近道だぜと、「フランス式ボクシング」を提唱するダントンではないながら、ルジャンドルも気に入らなければ、いきなり実力行使なのである。

「やい、こら、ランジュイネ、てめえになんざ、演壇に登る資格はねえ」

引きずり降ろしてやる。そう声を張り上げて脅《おど》しにするなら、ありがちな議会風景にすぎないが、本当に手を伸ばすとなると、さすがに珍事に属してしまう。細長い手足を躍らせるようにして、いきなり壇上につかみかかる議員となると、やはりというか、そうそういるものではないのだ。

もちろん、つかみかかられたランジュイネのほうも、大人しく引きずり降ろされるわけではない。こちらも瞬時にカッときたか、房になるほどの太眉《ふとまゆ》を吊《つ》り上げながら、負けずの拳骨《げんこつ》で迎えたために、それから先が殴り合い、取っ組み合い、もつれ合いという、典型的な喧嘩になってしまったのだ。

「やめたまえ、やめたまえ」

議長マラルメが制止したが、大人しく聞き入れるようなら、最初から言葉で議論になっている。口論になり、口喧嘩に変わりなくなっていたとしても、肉弾戦にはなっていない。

外野も別段に止めなかった。やれ、やれ、やっちまえと、いっそうけしかける議員はいても、眉を顰《ひそ》めて咎《とが》める空気は皆無である。

それくらいには、空気が剣呑《けんのん》になっていた。国民公会は皆が皆で、朝からカッカときていた。かくいうデムーランからして、怒りに総身が熱くなる思いなのだ。

六月二日、国民公会は異例の日曜開催になった。蜂起《ほうき》の流れからすれば当然ともいえるが、だからこそ、あえて普段通りに休もうという声もあった。ほとんどの議員が自然と登院したというのは、朝一番でパリに凶報が届けられたからである。

「ヴァンデ軍が、またやった」

攻防の焦点となってきたヴァンデ県の都市フォントネ・ル・コントが、再び反乱軍の手に落ちていた。にもかかわらず、国民公会は政治主導を発揮できないのだ。ヴァンデの反乱は沈静化の兆《きざ》しもないのだ。

のみか、さらに拡大する動きさえある。南フランスのほうでもロゼール県の都市マルヴジョルが陥落させられ、さらに現在も県都マンドが脅かされているという。

南フランスといえば、リヨンも風雲急を告げた。五月三十日、ジャコバン派の市長シャリエが失脚していた。二十九日に血みどろの政変が起きて、これを制した反ジャコバン、反パリ、反サン・キュロットの勢力、つまりはジロンド派と王党派の手によって、投獄されてしまったのだ。

すでに一部には速報も届いており、仮にも議員であればデムーランの耳にも未確認情報としては入っていた。が、パリで一般に知られるようになったのは、この六月二日の朝なのだ。

ジロンド派、それにジロンド派の支持者たちなら吉報として、あるいは喜んだのかもしれない。反対にジャコバン派ないしは山岳《モンターニュ》派は、衝撃を受けざるをえない。いや、リヨン発の衝撃はパリにおいて、党派と党派の政争を波立たせるには留《とど》まらなかった。誰よりパリのサン・キュロットが激怒していた。リヨンのシャリエといえば、先進的な救貧策の推進者、つまりは貧乏人の味方として、こちらでも名が通っていたからだ。

そのパリのサン・キュロットが蜂起の最中だった。しかも無為無策のジロンド派を追放しろと叫んでいた。そこに聞こえてきたヴァンデの反乱拡大、リヨンの政変勃発《ぼっぱつ》は、まさに駄目押しの格好にならざるをえない。昨日から勢いを増すばかりだった炎に、さらに油を注がないわけがない。

午前からテュイルリ宮に詰めているので、外の様子はわからなかった。さかんに警《けい》鐘《しょう》が打ち鳴らされ、喇叭《らっぱ》が吹かれ、太鼓が叩《たた》かれ、獣よろしく吠《ほ》えたてる人間の声まで重なって、大変な騒ぎになっていることは疑うべくもないのだが、それは昨日からの話だ。

――いちいち確かめにいくより……。

議会は議会で、対応を急がなければならない。そうした気運が盛り上がり、受けて登壇したのがジャコバン派の議員、サン・タンドレだった。

「革命的な大手段が必要だ。静かなときなら暴動など、普通法で十分止められる。しかしながら、大きな運動が起こり、かつまた傲岸《ごうがん》な貴族支配が興隆を示したならば、これは戦時法に訴えざるをえない。確かに恐ろしい手段である。とはいえ、それが必要なのである。ほかの手段に訴えても、とんと効果が上がらない……」

「黙れ、黙れ。こじつけるにも程があるぞ」

そうやって飛びこんだのが、ランジュイネだったのである。

ジロンド派の議員としては、断じて認められなかったのだろう。それとこれとは話が違うと、筋を通さないではいられなかったのだろう。ああ、どんな理屈を捏《こ》ねたところで、悪は悪だ。正当化など許されんぞ。真実は曲げられんぞ。

「パリ自治委員会は反乱を起こしたのだ。パリの革命当局は直《ただ》ちに解散されるべきなのだ。ああ、ここに私は要求する。蜂起に及んだパリの人々について、これを無法と認定し、その旨を国民公会は広く宣言するべき……」

「ふざけんなよ、てめえ」

と、再び返した罵声《ばせい》がルジャンドルだったわけで、かくて喧嘩騒ぎが起きたのである。

――できることなら、僕だって殴りつけたい。

外に戦争、内に反乱、それも反革命、親カトリックの王党派に、反パリの連邦主義者まで加わって、いっそう構図が複雑化しているのに、政治は経済危機ひとつ好転させることができない。それもこれも、おまえたちのせいだ。こうまでフランスが不幸なのは、おまえたちジロンド派の無為無策のせいなんだと、デムーランとて左派の議員であれば、連中に怒りをぶつけたい気分は、余人に遅れるものではなかったのだ。

──しかし……。

ランジュイネとルジャンドルが動きを止めた。もつれながら、クラヴァットをつかみ、鬘《かつら》を剝《は》ぎとやっていたものが、相手にぶつける怒鳴り声さえひっこめて、そのまま固まっていた。

ただならぬ気配はデムーランも感じとった。それが地鳴りを連想させる音になったと思うや、実際に足元が細かく震えた。もう次の瞬間には破裂するかの勢いで、バンと大きく議場の扉が開けられた。乗りこんできたのは、うじゃうじゃ湧《わ》いて出たかの赤帽子《ボネ・ルージュ》の群れだった。

──やはり、蜂起のサン・キュロットか。

蜂起委員会だか、革命中央委員会だか、とにかく連中だと思うとき、デムーランの心は複雑だった。

かねて反ジロンド派を隠さなかった連中だが、それだからと、もはや絶対の共感は抱《いだ》けなくなっていた。パリの民衆も違うかなと、さすがに筋が通らないかなと、いくらかは疑問も感じないではいられなくなったのだ。

乱入してきた赤帽子たちは、演壇から議席通路にいたるまで、みるみる空いたところを埋めていった。整然と動いたというより、むしろ無秩序が有無をいわせず勢いを示したという感じだった。

それが証拠に議場の天井に木霊《こだま》したのは、先刻の喧嘩騒ぎに増して汚い罵《ののし》りの言葉だった。

「おらおら、議員ども、いつまでも無駄なお喋《しゃべ》りしてんじゃねえぞ」

「ぼけっと阿呆面《あほうづら》ならべてねえで、さっさとジロンド派の追放を決めろってんだ」

「わかってんのか、本当に聞いてんのか」

「おまえら、もしかフランス語ができねえんじゃねえだろうな。ドイツ語だの、スペイン語だの、イタリア語だの、変な訛《なま》りで喋る田舎者《いなかもの》じゃあ、パリの言葉は難しすぎるって理屈かよ」

無礼であり、傲慢であり、ひとを馬鹿にしてさえいる。すでにして言葉が暴力のようなものなのだが、実際に議員の肩を拳《こぶし》で小突《こづ》き、あるいは髪をつかんで引き寄せ、にやにや笑いの戯《たわむ》れで肘《ひじ》打ちさえ喰《く》わせるときているのだから、もう暴挙といわざるをえない。他方の手には槍《やり》が握られているのだから、もはや洒落《しゃれ》や冗談で済まされる話でもない。

デムーランも通路側の席にいて、何度も足を踏まれていた。一度や二度なら偶然とも思うのだが、赤帽子が脇《わき》を擦《す》り抜けるたび、必ずといってよいくらいに踏まれてしまう。わざとだ。ああ、僕だけじゃない。前でも、後ろでも、足を踏まれた痛みに、呻《うめ》き声が上がっている。サン・キュロットは意図して議員を害しているのだ。

――けど、間違えるな。僕はジロンド派じゃないぞ。

そう叩き返しかけて、デムーランは止《や》めた。ジロンド派と一緒にされるのは確かに癪《しゃく》だ。が、それは違うと正したところで無駄だった。たぶんサン・キュロットは間違えたわけではないからだ。ジロンド派も、ジャコバン派も、平原《プレーヌ》派も、特に分ける必要を感じていないのだ。議員など一律に虚仮《こけ》にして、少しも構わないと考えているのだ。

26——侮辱

赤帽子《ボネ・ルージュ》の何人かが演壇に向かっていた。代表がなにか話すようだった。が、それまで壇を占めていたランジュイネ、それにルジャンドルまで押しのける乱暴な仕種《しぐさ》が、やはり気にかかってならなかった。

疑問を通り越して、デムーランの心に小さな反感が疼《うず》いた。議員をなんだと思っている。苟《いやしく》も国民の代表たるものに、欠片《かけら》の敬意も払わないのか。これでは議会政治の完全な否定ではないか。

そう責めれば、おまえら何様のつもりなんだ、議員だって、俺《おれ》たちだって、同じ市民じゃないのかと、それくらいの理屈を返されてしまうだろう。が、こちらの目にはサン・キュロットこそ偉いのだと、そういわんばかりにみえるのだ。

——おまえら何様のつもりだ。

デムーランは逆に問いたい気分だった。

もちろん、同じ市民である。今や能動市民《アクティフ》も、受動市民《パッシフ》もなくなっている。が、差別がなくなったからこそ、ブルジョワをブルジョワたらしめるのは努力と自己改革であり、サン・キュロットをサン・キュロットたらしめるのは怠惰と他力依存なのではないか。

――その怠け者たちが、何様のつもりなのだ。

サン・キュロットであること自体、今や恥ずべきではないのか。それをサン・キュロットであることに居直り、なんの解決があるというのか。

始めたのは、まるで知らない顔だった。パリ自治委員会の筋、いや、激昂派《アンラジェ》の筋にしても、かつてコルドリエ・クラブに出入りしていた人間が少なくなく、デムーランにも旧知の輩《やから》は多かった。が、それは全く知らない顔だったのだ。

まだ二十代と思《おぼ》しき若々しい風貌《ふうぼう》だったが、それだけにデムーランは、なんだか隔世の感を覚えた。ああ、時代は変わってしまったのかもしれない。節度と自覚ある運動は、もう過去のものとなってしまったのかもしれない。

胸奥《きょうおう》に去来するのは淋《さび》しさというより、やはり反感のほうだった。この生意気な若造め。

「パリ自治委員会を代表して来た。我々はジロンド派の議員二十二人、ならびに十二人委員会委員の即時逮捕を要求する」

再度の、しかも以前に増して居丈高な要求だった。のみならず、後に脅《おど》しが続いた。

「自治委員会ならびに蜂起《ほうき》委員会は、すでに国民衛兵隊司令官アンリオに命じている。国民公会がパリの人民の要求を正当と認めなかった場合には、ジロンド派の主《おも》だった面々を即日逮捕できるよう、大軍をもって議会を包囲するようにと」

デムーランは唇を嚙《か》んだ。外の様子は知らない。今どうなっているのか、正確に押さえているわけではない。が、少なくとも昨日の蜂起以下ということは、なさそうだった。蜂起の首脳たちは、決起の人民八万と発表したそうだが、あながち空言《そらごと》とばかりは片づけられない。それが証拠に赤帽子を代表する若者の、ふてぶてしさときたらどうだ。背中を押されてきていなければ、到底理解できないほどの、この自信ときたらどうだ。

「それでも議会はパリのいいなりにはならない」

叫んだのは、議長のマラルメだった。ああ、いくら自治委員会でも、ひどすぎる。大軍で囲むだと。一存で逮捕するだと。議員の権威など認めない、間接民主主義は支持できないというのかもしれないが、そんな出鱈目《でたらめ》は直接民主主義でも許される話ではあるまい。というのはなにゆえ最初から実力行使なのだ。

「この国民公会に裏切り者がいるというなら、その証拠を一番に示すべきではないか」

議長の怒りは当然だった。逮捕を迫られたジロンド派に同情するわけではない。連中についてはデムーランも、万死に値すると考えている。然《しか》るべき処断も必要だろう。しかし、それが問答無用であってはならないのだ。

全国三部会の貴族議員たちでさえ、亡命は許された。あのフイヤン派も亡命を許され、あるいは選挙で失職するに任された。比べてジロンド派が上等だというつもりもないが、なお問答無用の逮捕となると如何《いかが》なものか。

随意の処断が許されるなら、怖くて、怖くて、そのうち善意の発言さえできなくなる。いや、ジロンド派は単に発言しただけでなく、政権を担当したのだ、失政を重ねてフランスを悪くしたのだと返されるかもしれないが、問答無用の逮捕が新時代における正しい政治責任の取り方なのだとは、なお思われてこない。

――さすがに違うだろう。

デムーランは聞いていた。蜂起委員会または革命中央委員会は、昨日六月一日の段階で、すでに元内務大臣ロランと財務大臣クラヴィエールの逮捕状を出していた。実際に捕縛の手を伸ばし、クラヴィエールについては自宅軟禁に処した。ロランには逃げられたが、そのかわりというか、ロラン夫人を逮捕した。

やはり逃亡の恐れがあるということで、夫人はアベイ監獄に連行された。夜半まで及んだ家宅捜索の後の話で、収監は今朝《けさ》の七時だったという。

――ロラン夫人にも同情しない。

ロランは完全な操り人形だったし、ジロンド派の多くもロラン夫人のいいなりだった。

その意味では最大悪ともいえるのだが、なお逮捕が妥当とは思われない。なんとなれば、ただの女ではないか。はたして政治責任を問える相手なのか。

デムーランは支持できなかった。もし僕がなんらかの責を問われ、にもかかわらず納得できずに逃亡を決めたとき、そのかわりに残されたリュシルが逮捕されるというような話がありうるならば、これは、もう、政治活動など怖くて怖くて、やっていられないことになるからだ。

——ああ、許せない。

明らかに、それは卑怯《ひきょう》だ。男として、恥ずかしいと思うべきだ。

ジロンド派の新聞も全て発禁とされた。編集者にも逮捕命令が出された。サン・キュロットの問答無用の凶行を恐れて、ジロンド派のなかには、すでにパリから逃げ出した者もいると聞く。

もちろん、同情はしない。けれど、他人事《ひとごと》にもできない。

——許されるのか、本当に。

問いたいのは、山々だった。が、問うても、まともな答えが返るとは思えなかった。それが証拠に赤帽子の連中は、議長マラルメの詰問に対しても言葉で応じるではなかった。ああ、そういう態度で来るってんなら、もう決まりだ。なあ、みんな、そうだろう。

「武器をとれ!」

武器をとれ。武器をとれ。大合唱が始まっていた。武器をとれ。武器をとれ。赤帽子という赤帽子は議場に向けて、わけても議長席に向けて、拳固を突き出してみせた。

「武器をとれ。武器をとれ」

声に合わせて、繰り返される。拳固に留めず、槍まで高く突き上げる。それでも実際に攻めかかるわけではない。子供じみた威嚇《いかく》だけに満足すると、サン・キュロットたちはさっさと議場を後にした。

――こんなところで始めても、仕方がないという理屈か。

小さな喧嘩は意味がないというわけか。本気の暴力は外にあるというわけか。テュイルリ宮を丸ごと粉砕してやるといいたいわけか。が、かつて同じ言葉を打《ぶ》ち上げ、パリ総決起の狼煙《のろし》を上げた人間として、デムーランには質《ただ》したい気分があった。おまえたち、本当に引鉄《ひきがね》を引けるのか。議会に向かって、大砲を撃てるのか。こんな傍若無人な振舞いもないくらいだが、おまえら、それなりの覚悟はきちんと持っているんだろうな。否応《いなおう》いずれと答えられるにせよ、デムーランには業腹《ごうはら》だった。繰り返すが、議員の立場でいうならば、これほどの侮辱もなかった。

――ああ、これほどひとを虚仮《こけ》にした話もない。

実際のところ、議長フランソワ・ルネ・マラルメは卒倒した。鬘《かつら》を斜めにずらされて、耳の上で巻いているはずの渦を頰《ほお》まで下げられながら、なお拳固の威嚇に屈しなかった。

赤帽子の群れが議場を出ていくまで、厳しく睨《にら》み返すことまでしていたが、その緊張が解《ほど》けたのだろう。張り詰めた糸が切れるや、もう上体を支えることすら覚束《おぼつか》なくなったのだろう。

27——調整

マラルメは担架で運ばれた。ダントンの仕切りで急ぎ新たな議長が選ばれ、エロー・ドゥ・セシェルが高座に座ることになった。

絶世の美男で知られた元貴族、マリー・ジャン・エロー・ドゥ・セシェルは開明派として、早くから革命に傾倒していた。国民公会の議員としては、セーヌ・エ・オワーズ県から選出され、今は公安委員会の一席を占めている。三十三と年齢が近いこともあり、そこでダントンと親しくなったらしい。

そのエロー・ドゥ・セシェルの進行で、議会は審議を再開した。

——しかし、情けない。

デムーランが呻《うめ》くのは、倒れたマラルメのことではなかった。新しい議長エロー・ドゥ・セシェルの手際《てぎわ》が悪いというのでもない。嘆かずにいられないのは、それからの議論の揺れ方についてだった。

潔くあきらめて、民衆の要求に屈するわけではない。法治の理念に則して、毅然《きぜん》と筋を通すのでもない。我こそ国民の代表だという矜持《きょうじ》において、無法なサン・キュロットなにするものぞと、敢然《かんぜん》と敵意を明らかにするでもない。

——国民公会を支配したのは狼狽《ろうばい》だ。

ジロンド派の「仮逮捕」を提案した議員もいた。ほぼ全ての議員が起立して、さすがに否の意を表明したが、直後に登壇したルヴァッスールは、ジロンド派の逮捕要求にも一理あると、蜂起《ほうき》勢力の態度を弁護する口ぶりだった。

続いたのが精力的なバレールで、公安委員会の名前を出したからには、恐らくはダントンとの合意あっての発議だろうが、またしてもというか、穏便な妥協策を提案してきた。

「二十二人の議員も、十二人委員会委員も、ともに逮捕されることはありません。しかし、二十二人の議員には、自ら職を辞すよう勧めます。十二人委員会には自ら活動を停止するよう求めます」

さらにジロンド派の大臣ルブラン・トンデュ、クラヴィエールの更迭《こうてつ》も提案したが、バレールらしいというのは、かねてジロンド派が解任したがっていた陸軍大臣ブーショットについても、併《あわ》せて更迭を要求した点だった。

ひとまず是非は措《お》くとして、バレール提案は議論に一定の方向性を持たせることには成功した。受けて一番に発言したのは、議長在任中の失言で物議を醸《かも》したジロンド派の問題児、アンリ・マクシマン・イスナールだった。

「ああ、祖国を救うために、私の血が必要だというのなら、死刑執行人などいらぬ。私は首を自ら処刑台まで運んで行こう。ああ、自らに一撃を下すというのだ」

大袈裟《おおげさ》な比喩《ひゆ》を用いながらも、バレール勧告に応じる、潔く辞職すると宣言したかと思いきや、あげくが拗《す》ね子のように、ひねくれた態度に出る。つかつか議席通路の階段を上がると、ジャコバン派もしくは上階の議席に因《ちな》んだ山岳《モンターニュ》派のただなかに、どかと腰を下ろしてみせたのだ。

ラントナス、フォウシェと他にも不服げな顔のままイスナールに倣《なら》う議員がいて、これでは辞職の意思も、どこまで信用してよいかわからない。

ジロンド派として、意見の一致がみられたわけでもなかった。ルジャンドルを相手に乱闘に及んだばかりで、なお興奮覚めやらないランジュイネは、またぞろ議会に向けられた暴力を口汚く罵《ののし》った。もちろん、バレール勧告に応じる様子は欠片《かけら》もない。

「辞職だって？　それが停職であったとしても、はん、そんなもの、この私には期待しないでほしい」

「いや、私にも辞職は期待しないでくれたまえ。私は自分の立場を守って死のうと誓っているのだ。その誓いを今も守るつもりでいるのだ」

長髪を躍らせながら、バルバルーまで後に続けば、ジロンド派に後退の意思などないことこそ、はっきりするばかりになる。

――また議論は平行線を辿《たど》るばかりだ。

あちらからはマラとビヨー・ヴァレンヌが出た。左派を任じるデムーランの立場で、「あちら」というのも奇妙な言い方ながら、このときの感覚としては、外の蜂起に完全に同調しているというか、サン・キュロットの要求をそのまま通そうとしているというか、議会の内においては、やや異端の感さえ漂わせていた。

――山岳派のなかでも特殊だ。

全部で三十人ほどいて、そういえばジロンド派の「仮逮捕」を問うたときも、この一党だけは賛成に回っていた。非現実的かつ非妥協的な一党といえるかもしれないが、いずれにせよ、その最奥に控えているのがロベスピエールという格好なのだ。

マラは逮捕されるべき議員として、新たにルーヴェとヴァラゼを追加した。

「この際だから、告発されるべき者の一覧を作ろうじゃないか」

受けて、ビヨー・ヴァレンヌは指名点呼による投票を求めた。いいかえれば、ジロンド派の排斥《はいせき》を強行採決しようというのだ。

「というのも、国民公会には議員辞職は無論のこと、その停職を勧告する権利も与えられてはいない。罪ある者がいるならば、ただちに裁判所に送らなければならない」

だから逮捕だ、投獄だと声を大きくするならば、他方のジロンド派とて頑《かたく》なになる。いつもながらといおうか、またも議論は袋小路だった。どういう落着が考えられるか。そこまで、どうやって運ぶべきか。いよいよ目処《めど》が立たなくなり、国民公会は完全に窮していた。

が、今度のデムーランは自棄《やけ》になるのではなかった。それをなんとかするのが、自分たちの使命なのだと思うからだ。だって、そうだろう、ダントン。僕らが政局という扇の要《かなめ》を締めていないと、バラバラになるだけの議会なんだろう。

「いい加減に見限りたい、君の気持ちもわからないじゃない。けれど、なあ、ダントン、もう一度だけ、ジロンド派とかけあってくれないか」

「ふん、まあ、わかった」

ブウとハンケチで洟《はな》をかんで、醜面を歪《ゆが》めるダントンは、いかにも渋々という感じだった。ああ、わかった。ああ、どこが偉いのか、ひとのいうことなんざ少しも聞かねえ連中だが、まあ、やるだけはやってみるさ。

「ったく、議員辞職の踏ん切りもつかねえんだから、連中、さっさとパリから遁走《とんそう》してくれていりゃあ、こんなことにならないものを……」

議席で額を寄せ合いながら、デムーランはダントンと善後策の検討を続けた。辞職か、さもなくば逃亡か。なるほど、ダントン、君らしい考え方だけれど、ただ僕にいわせるとね。まだ議会は調整可能じゃないかと思うんだ。

「議会は、な。問題は外の連中が、それで納得するかどうかだ」

「蜂起の圧力は、うん、確かに考えていた以上だね。やることなすこと滅茶苦茶《めちゃくちゃ》だけど、今の勢いにはちょっと手がつけられない感がある。けど、だから、議会の内なんだよ」

「つまりはカミーユ、あちらの先生方なら、まだ手をつけられるって話か」

「その通りだ」

「マラとなると、とうにイッちまってるが、なるほどロベスピエールなら、まだ少しは話せるかもしれねえな」

「うん、ダントン。そうなんだよ。だから、あちらには僕から話してみるよ」

「頼む。ああ、カミーユ、この期《ご》に及んでは、そこに一縷《いちる》の望みあるのみ……」

ダントンは途中で沈黙に後退した。絶句したという感じでもあった。目が向けられていたのは、デムーランからすると背中の方向、議場の通用口の方向だった。

どうしたと問うより先に、デムーランは振り返った。戸口で立ち尽くしていたのが、ボワシ・ダングラスという議員だった。

アルデーシュ県選出のフランソワ・アントワーヌ・ボワシ・ダングラスは、議会での立場をいえばジロンド派寄りの平原派《プレーヌ》というところだが、右だ、左だと取り沙汰《とざた》するほど目立つ議員ではなかった。それよりも知られていたのは、フランスでは珍しい部類に属するプロテスタントの信仰で、それだけに普段から潔癖な一面があることだった。

服装も然りで、なかんずく、ボワシ・ダングラスの目印になっていたのが、襞《ひだ》ひとつまで丁寧に整えられた胸元のスカーフだった。

それが遠目にも乱れていた。襟《えり》がはだけて、胸毛まで覗《のぞ》いていたが、よくよくみると乱れているのではなく、絹のスカーフはビリビリに破られているようだった。

ボワシ・ダングラスは声もなかった。ただ立ち尽くしていたのでもなくて、その実は小刻みに震えていた。堪《こら》えきれずに、がっくりと崩れられて、ようやく狼狽ぶりが知れた。

議場のざわつきが大きくなった。

「やっぱ、話すどころじゃねえかもな」

口許《くちもと》で吐き捨てると、ダントンは立ち上がった。その巨体が議席から抜け出るや、それだけで議会は休会の手続きを取らざるをえなかった。尋常ならざる事態の予感は、すでにして議場の隅々まで満ちていた。

28――通行禁止令

乱暴を働いたのは、外の国民衛兵だった。詳しく話を聞くほどに、デムーランは憤然とならざるをえなかった。

本人の話によれば、ボワシ・ダングラスは所用で議会を中座しようとしただけだった。いわゆる所用で、なんら政治的な意味を持つ行動ではない。それは単なる口実で、なにか裏があるというような話でもない。

それは議員なのだから、審議中に議席を空けるというのは、確かに不真面目《ふまじめ》な話である。が、それも大目にみてもらえる程度だ。

コソコソとなにか企《たくら》む素ぶりがあったわけでもない。オドオドと様子がおかしかったわけでもない。ボワシ・ダングラスはごくごく普通に、大時計棟の正面玄関から宮殿の外に出ようとした。ところが、なのだ。

「いいえ、外に出すわけにはいきません。どうか『からくりの間《マシーヌ》』にお戻りください」

その一点張りで、テュイルリ宮に集結していた兵隊たちは、まさしく問答無用の態度だったという。

どんな申し開きにも耳を貸してくれないので、それならばとボワシ・ダングラスも強く出た。私は国民公会《コンヴァンシオン》の議員だぞ。国民の代表なんだぞ。その身分は神聖不可侵とされていたはずだ。そう打《ぶ》ち上げて、強引に外に出ようとしたところ、いきなり胸座《むなぐら》をつかまれたのだ。

きっちり結ばれていたスカーフは、かくて千切れた。そのまま拳骨《げんこつ》で小突《こづ》かれ、あるいは銃剣に背を押されて、ボワシ・ダングラスは議場に戻るしかなかった。

「連中ときたら、この私をジロンド派とでも思ったのか」

中道の定評ある議員は、そう泣き言をこぼしたが、議会における立場は関係なかった。ジャコバン派寄りで知られるグレゴワール師、立憲派聖職者としても名前が通っている師にして、やはり追い返されてきたからだ。

議場を出ようとしたのは、所用ですらない小用ゆえの話だったが、耳を貸してもらえないのは同じだった。いや、本当に小便なのだ、聖職者にも自然の欲求はあり、わかってもらえると思うが、それも急を要する話なのだと繰り返して、グレゴワール師の場合は最後には許された。が、それも特別の計らいということで、たかが便所に行くのに国民衛兵が四人も同道した。

「全体どういう話なんだ」

なにかの間違いではないかと、試しに問い合わせてみると、国民衛兵隊は迷いもなく答えてよこした。

「通行禁止令が出ています」

正面玄関を担当していたのが、ボン・コンセイユ区の部隊の中隊長だった。国民衛兵隊司令官アンリオが、そもそもボン・コンセイユ区の実質的な指導者であり、その直属の部下として命令を違《たが》えているとも思われなかった。

「いいえ、アンリオ閣下の一存ではありません。ひとりの議員も退出させない、あるいは入場もさせないようにとの命令は、閣下にしても上から下されたものなのです」

「その上とは誰のことだ」

「リュイリエさんだと聞いています」

名前が出されたのはパリ県庁の執政理事だったが、恐らくは蜂起《ほうき》委員会あるいは革命中央委員会の総意、蜂起の首謀者たちの決定ということだろう。

いずれにせよ、国民公会に通行禁止令が出された。今朝《けさ》に登院したが最後で、テュイルリ宮の議員という議員は行動の自由を、少なくとも移動の自由を奪われてしまっていた。

――冗談じゃない。

デムーランは即座に呻《うめ》いた。そんな話は聞いていない。一方的に押しつけられる筋でもない。なんといっても、議会なのだ。国権の最高機関なのだ。

国民公会としても、許容できる話ではなかった。わざわざ決を採るまでもないと、こちらの議長エロー・ドゥ・セシェルも直《ただ》ちに人を遣わした。はっきりと抗議の意を伝えたらしいが、対する国民衛兵隊司令官アンリオの返事が、こうだった。

「議長野郎にいってやりな。あんたも、議会も、ふざけるのは大概にしたほうがいいぜとな。わかってんのか、二十四時間以内にジロンド派二十二議員の身柄を引き渡さなかったら、こちとら、あんたら全員を、ふっとばしてやるつもりでいるんだからな」

明らかな脅迫である。いや、単なる脅《おど》しで終わるという保証もない。実際、テュイルリ宮の正面まで引き出されて、大砲が設置されていたという。

「…………」

心中を明かせば実は、という程度の話ではない。デムーランは、はっきり反感を覚えた。いや、反感の域には留《とど》まらない。すでにして、激怒しているといえるほどだ。

それを隠そうとも思わない。もはや怒りを露《あらわ》にして、当然だった。ジロンド派を引き渡せというが、暴力を加えられたボワシ・ダングラスも、小便まで監視されたグレゴワール師も、脅迫された議長エロー・ドゥ・セシェルも、ジロンド派などではないのだ。

全員をふっとばしてやると脅しつけて、実際に大砲の照準も議会そのものに合わせられている。政治を動かすための手段として、暴力自体を否定するのではないながら、それが人民の代表に向けられることだけは、断じて容認できないのだ。

——それは議会政治の否定だ。

怒りはデムーランだけではありえなかった。審議の再開が宣言されるや、国民公会の議論は従前紛糾《ふんきゆう》していたジロンド派の処分さえ脇《わき》に置いて、アンリオの糾弾、蜂起の非難へと流れていった。

平素どっちつかずのバレールさえ、もはや躊躇《ちゆうちよ》しなかった。

「パリ自治委員会は今や外国の手先も同然です。金をばらまき、パリの人々を集め、その相手が自分たち人民の代表であると承知しながら、議員たちの自由を攻撃しようとしているからです」

それをドラクロワが、すかさず支持した。

「というのも、通行禁止令が出されているのです。もはや完全に包囲されて、ほんの一歩も外には出られないのです。いいかえれば、もう国民公会に自由はなくなった」

ほとんど悲鳴という声で叫ばれて、議会は兵団に対する即時の移動命令を可決させた。

あとに続いたのが、ダントンだった。

「通行禁止だなんて、そんなフザケた命令を国民衛兵隊に出した野郎も、追及するべきじゃねえのか。でなかったら、国家の尊厳て代物《しろもの》は虚仮《こけ》にされたまま、簡単には戻らないことになるだろうぜ」

今度は発令者アンリオを告発せよと、公安委員会に促すことが可決された。

兵団は移動させられる。アンリオは糾弾される。いずれの可決も圧倒的な多数でなされた。してみると、議会に和やかな空気が流れた。穏やかでもあり、軽やかでもあり、それは楽観の空気にも似ていた。

なるほど、デムーランが斟酌《しんしゃく》するに、このとき議会は二重の意味で楽観することができた。

ひとつは議会宥和《ゆうわ》の期待が生まれた。対立を常として、平行線の議論を戦わせることしかできないわけではない。圧倒的な多数での可決が続いて、国民公会は一致団結できるのだと実感が得られたことで、あるいは膠着《こうちゃく》していた議事についても話し合いが可能になるかもしれないと、ジロンド派、ジャコバン派ともに、なんだか人心地つけられた気分になったのだ。

——それは悪い展開ではない。

関連して、もうひとつには議会に自信が生まれていた。サン・キュロットの気持ちもわからなくはない、蜂起したくなるはずだ、なるほど議会はなにもできないのだと、弱気に譲る気配さえあったものが、いや、国民公会も捨てたものではない、決して無力なわけではないと、皆の気分が俄《にわ》かに一変したからだ。パリの蜂起が脅威であるには違いないが、なお国民公会に逆らえるはずがないと、漠たる強気が議場全体に満ちたのだ。

バレールが再び演壇に登ったのは、そうした空気のなかにおいてだった。ええ、皆さん、いかがでしょうか。

「議会は人民のなかに赴こうではありませんか」

大胆な提案といってよかった。人民のなかに赴く、怒れる群集に自ら進んで身を委《ゆだ》ねる、そうして議員は逃げもせず、隠れもしないことの態度表明とする。

ある種の示威《じい》行為なわけだが、無謀とも、恐れ知らずとも響く話の加減こそ、かえって好ましく聞こえたから不思議である。ええ、我々を包囲しているという武装市民のなかに、あえて歩を進めましょう。そうすることで、我々は何も恐れてはいないのだと、皆に知らしめてやりましょう。ええ、ええ、我々を脅かせる者などいない。

「我々が自由であることを、ここぞと証明してやるのです。兵団に囲まれながら、平気な顔で議論してみせるのです。国民の代表たる議員の話し合いを、妨害できる者などいるはずがありません。ええ、ええ、そのときは兵隊たちだって、我ら国民公会を攻めるのではなく、逆に守ろうとするに違いありません」

29——議会は外に

「それは道理ですね、バレール議員」

形のよい眉《まゆ》を弓なりに、端整な顔をいっそう輝かせながら、一番に飛びついたのがエロー・ドゥ・セシェルだった。軽々しいとも思わせなかったのは、議長の支持に遅れることなく、また議員たちも一気の盛り上がりをみせたからだ。

「我々が皆でテュイルリの庭園を、ただ一回りするだけでよいのだ。そこにはフランスの国権のありかたを象徴するような光景が、必ずや現出するに違いないのだ」

「そうですな。今こそ議会は毅然《きぜん》たる態度を貫くべきですな。そうしてパリの連中に、今こそわからせてやるべきですな」

「うん、うん、大胆不敵にして豪毅な秘策、けっこうだと思いますね」

「要するに、やれるものならやってみろというわけだな」

「その通りだ。蜂起《ほうき》の連中など、怖くないんだ。皆で行けば、怖いことなどあるものか」

「そうだ、そうだ。あの連中ときたら、どうせ議会はバラバラだ、これという方向は打ち出せない、一致団結して力強く事を進めることなどできないんだと、不遜《ふそん》にも高《たか》を括《くく》る素ぶりがあるからな。そうしたパリの侮《あなど》りを今こそ一掃してやろうではないか」

「そういうことです、そういうことです。それでは、さあ、参りましょうか」

エロー・ドゥ・セシェルは手ぶりをまじえて、その一歩を踏み出した。張り切る議長を先頭に、ぞろぞろと議員の行進が続いたときには、まさに国民公会は一枚岩であるかにみえた。言葉通り、右派も、中道も、左派もなくなっていたからだ。みるみる議席が空《から》になって、議会こそかえって総決起の体《てい》になったからだ。

ヴェルニョーが「からくりの間《マシーヌ》」を出る。卑劣な審議拒否ではない証拠に、すぐ後にドラクロワ、ファーブル・デグランティーヌと続いていく。もちろん、この僕だって遅れない。この行動力、この団結力で、国民公会は自ら窮地を脱するのだ。晴れやかでさえある気分になって、デムーランが高く顔を上げようとしたときだった。

目尻に黒雲がかかった。ハッとして振り返るや、議席の最も高いところ、派閥の異名にもなっている「山岳《モンターニュ》」に座して留まり、三十人ほどの一団が今も暗い顔をしたままだった。

なかんずくデムーランの目が吸い寄せられたのは、だらしない感じで頭に巻かれたターバンと、これ以上ないくらいの潔癖さで整えられた白色の鬘《かつら》だった。

――マラ、それにロベスピエールも……。

先刻ジロンド派の「仮逮捕」が提案されたときは、圧倒的多数で否決された。それはそうだが、左派の一部から賛成に回る者が出たことも事実だった。それがマラとロベスピエールを取り囲んでいる三十人ほどの議員、今も議席に腰を下ろしたままの三十人ほどの議員だった。

議会の権威を自ら否定する気かと、そのときもデムーランは質《ただ》したかった。その暇もなく議事が先に進んだので、それきりになってしまった格好ながら、不見識には納得できたわけではなかった。どうしようもないなあと嘆息したばかりだったが、やはりといおうか、今にいたっても態度を改める風は皆無なのだ。

――ああ、そうだった。

議論が思わぬ方向に流れ、それが盛り上がりをみせたので、ついつい忘れてしまっていた。が、あちらのジロンド派が応《こた》えてくれたからといって、こちらのジャコバン派あるいは山岳派、それもガチガチの中核をなしているような面々までが、簡単に折れてくれるわけではなかった。

当たり前の話である。ましてや今回の示威《じい》に関していえば、ことさら投票が行われたわけでもない。参加するも、参加しないも、個々人の自由なのだ。

とはいえ、勝手にするがいいさと、冷たく突き放せるわけでもないからには、厄介な話でもあった。

——この連中こそ鍵《かぎ》を握る。

マラ、それにロベスピエールのいうことならば、外の無頼《ぶらい》たちも素直に耳を傾ける。この三十人を巻きこめれば、議会の決定も容《い》れてもらえる。

そうした目論見《もくろみ》から説得を試みようとしていた矢先に、ボワシ・ダングラスの事件が起き、通行禁止令が知らされ、最後は議会そのものが群集のただなかに歩を進めると話が転じた。が、そうとなれば三十人を、ますます巻きこまなければならないのだ。同道が承諾されれば、事態は一気に解決に向かうこと、それこそ請け合いなのだ。

やはり説得しなければならない。とすれば、それは僕の仕事だ。デムーランは踵《きびす》を返した。

できない仕事ではない、とも考えていた。どんな理屈か、わからない。なんの話題から始めるべきか、それすら見当もつかない。が、マラにせよ、ロベスピエールにせよ、昔からの仲間なのだ。ともに怒り、ともに傷つき、ともに革命を生き抜いてきたからには、わかりあえる言葉はきっとあるはずなのだ。

呼びかけるとき、デムーランは努めて明るい風を心がけた。マラ先生、それにマクシムも、そんなところで全体なにをやっているんだい。

「議会は外に出ることに決まった。君たちも来てくれなきゃあ。君たちこそ来てくれなくちゃあ」

一角から返事はなく、なるほど表情は暗いままだった。が、こちらも簡単に考えたわけではない。事前に切りこみ方を練っておかないでもなかった。

――狙《ねら》いはロベスピエールだ。

マラはジロンド派排斥《はいせき》の急先鋒《きゅうせんぽう》をもって任じてきている。ダントンの言葉通りに「イッちまってる」かどうかは別として、容易に前言を覆《くつがえ》せないという立場はある。

ひるがえって、再びダントンの見立てに倣《なら》えば、ロベスピエールはまだ話せる。迷いに捕われているからには、再考を促すことができる。今日のところは下宿ならざる議会にいて、いつも保護者然と身構えているモーリス・デュプレイもいない。

――働きかける余地はある。

心のなかで作戦を確かめながら、デムーランは上辺《うわべ》は明るいままに続けた。いや、どうにも気まずいっていうなら、マラ先生には無理強《むりじ》いしないよ。けれど、マクシム、君には来てもらいたいな。この蜂起を煽《あお》り立てたわけでもないんだからね。ジロンド派の逮捕を自ら訴えたわけでもないしね。

「それでも、全ては君にかかっている」

「全ては私にかかっている、だって」

と、ロベスピエールは応じた。眉を厳しく歪《ゆが》めるような表情だったが、その奥の瞳《ひとみ》には迷いと、それが余儀なくさせた弱気が覗《のぞ》いていた。ここぞとデムーランは続けた。

「というのも、通行禁止令を出したのは誰かって話になってたろう。アンリオだとか、リュイリエだとかいうんだけど、マクシム、君なら二人とも懇意じゃないか」

「懇意というわけでは……」

「二人ともロベスピエール議員の命令なら聞く、なんだって聞くなんて、外ではいわれているらしいぞ」

「私は命令する立場では……」

「立場ではないかもしれないけど、マクシム、君なら命令できるんだ。通じて、議会を救うことだってできる。それだけは確かなんだよ」

「………」

「後生《ごしょう》だから、どうか議会を見捨てないでくれよ」

冗談めかすくらいの明るさは、いいにくい話を直言するためだった。ああ、マクシム、君の一言で救われるんだ。逆に君なしじゃあ、もう国民公会は破滅するしか道がなくなる。リュイリエの通行禁止令に屈して、自由な議論を捩《ね》じ曲げるか、それは嫌だとして、アンリオの砲弾を喰《く》らうか、ふたつにひとつというわけさ。

「けれど、私は……」

デムーランは見逃さなかった。ロベスピエールの腰が浮いた。そのまま立ち上がれば、こちらの勝ちだ。ああ、ありあり弱気が覗いていた瞳にしても、もう小刻みに左右に揺れ始めているのだ。

「だから、なあ、マクシム……」

デムーランは働きかけの言葉を呑《の》んだ。ロベスピエールの顔がみえなくなったからだ。さっと動いて間に入り、そのまま壁さながらに立ちはだかる輩《やから》がいた。不動の構えになって、なお躍動的な印象のほうが勝つのは多分、二人とも議員としては異例なくらいに若かったからである。

「ルバ、それにサン・ジュストか」

二人ともロベスピエールの与党である。先達《せんだつ》が試みたピカルディでの遊説《ゆうぜい》に感激して、自らも議員たらんと心がけたというから、それも根っからの与党といってよい。

パリに上京したらしたで、ロベスピエールの近くに住まいを求めた。サン・ジュストは徒歩数分のガイヨン通り、ルバにしてもデュプレイ屋敷の常連である。

デュプレイ屋敷といえば、二人の奥にはジョルジュ・オーギュスト・クートンの姿も覗いていた。車椅子《くるまいす》の闘士にいたっては同宿で、確か上階にあるロベスピエールの部屋の真下で暮らしているはずだ。

デムーランは心に皮肉を並べた。ここはデュプレイ屋敷ではない、家主に邪魔されるわけではないと思いきや、あの下宿に集う面々が強面《こわもて》の近衛兵《このえへい》よろしく、議会でもロベスピエール王を守護しているというわけか。

30――邪魔

「申し訳ありませんが、デムーランさん、私たちに構わないでいただけますか」

優等生顔のルバが始めた。ええ、私たちは私たちの考えあっての行動なのです。もちろん、皆さんの行動を諫《いさ》めようとは思いませんが、そのかわりに私たちの意思も尊重していただきたい。

すらすら並べられるほど、デムーランは業腹《ごうはら》だった。それこそ無性に腹が立って仕方がない。一語ずつを噛《か》みしめる思いで、心に吐き出さないではいられない。

――本当に若いな。

それだけ屈託《くったく》なく正論を吐けるなんて、まさに若さのなせる業《わざ》だな。もちろん、若いことは罪ではない。若い分だけ中身がないに決まっていると、そういう退け方をするつもりもない。それでもデムーランは問い詰めずにいられない気分なのだ。

――おまえたちに、なにがわかる。

僕らが歩んできた歴史の、なにがわかる。絶えず戦ってきた一七八九年からの日々の、全体どれだけを共有しているというのだ。私たちの考えなどと線を引いて、ロベスピエールとすっかり同調しているような顔をして、それこそ僭越《せんえつ》というものではないか。

ムカッと来るまま、デムーランは言葉を控えようと思わなかった。冗談めかした明るさも振り捨てて、いきなりの怒声も発した。

「うるさい、ルバ。おまえに話してるんじゃない。ああ、おまえに構うつもりなんかない。だから、僕はマクシムに話があるんだ」

「ですから、ロベスピエールさんも同じ意見なのです。私たちはジャコバン・クラブで、いや、デュプレイ屋敷に戻ってからも、幾度となく議論を重ねて……」

「だから、ルバ、おまえは黙れといっている」

気づいたときには、デムーランは相手の襟《えり》を取っていた。勢いにあてられてか、ルバはとっさに身体《からだ》を後ろに反らした。が、逃がすものかといわんばかりに、いっそう引き寄せることまでした。この生意気な若造め、一体なんと怒鳴り捨ててやるべきかと、その先を考えている間のことだった。

ルバのクラヴァットをつかむ、その手首が取られていた。

「デムーランさん、少し大人げないんじゃないですか」

そんなんじゃあ、ボワシ・ダングラス議員を押し返した国民衛兵を、とやかくいえないんじゃないですか。輪をかけて癪《しゃく》な言葉遣いは、他方のサン・ジュストだった。

もちろん、デムーランに引き下がるつもりはない。だから、おまえ、手首が痛いよ。力の入れすぎなんだよ。おまえも暴力的なんだよ。

――女みたいな顔してるくせに……。

ルバの襟首は解放してやった。が、そうやって手首を払うと同時に、デムーランは今度はサン・ジュストの襟首に指を伸ばした。

よけようと思えば、よけられないではなかったろう。ああ、いくらでも逃げることができたろう。にもかかわらず、サン・ジュストは動じなかった。刹那《せつな》ぐっと脚に力を籠《こ》めながら、クラヴァットをつかまれるままにした。

間近に寄ると、サン・ジュストのほうが少しだけ背が高かった。こちらを見下《みくだ》すような目つきが、ますますもって癪だった。こいつ、なにを偉そうに。

「大人げない、だと。サン・ジュスト、おまえ、僕に向かって、そんな口を叩《たた》けるのか」

「仰《おっしゃ》る意味がわかりませんが……」

「詩集を書評してくださいなんて、泣きついてきたことがあったじゃないか。あのとき新聞に載せてやった恩も忘れて……」

「ああ、その節は確かにお世話になりました。ええ、デムーランさんには感謝もしています。同郷の先輩として、尊敬もしているんです。けれど、それとこれとは話が別じゃありませんか」

「別じゃない、別じゃない。僕がいいたいのは、マクシムとは二十年来の付き合いだということなんだ。おまえが呑気《のんき》に詩なんか吟じているときに、もうマクシムは議員だったし、僕にしても新聞を出していたというんだ。ともに革命を戦って、だから、おまえたちみたいな昨日今日の新人に、ああしろ、こうしろと指図《さしず》される謂《いわ》れはないといってるんだ」

「確かに、これまでのことは存じ上げません。けれど、今この瞬間の真実についてなら、断言することができます」

「なんだよ、その真実っていうのは」

「ロベスピエールさんの答えはひとつなんです。いくら相手がデムーランさんでも、一緒に外に出よう、ジロンド派を庇《かば》おうなんて頼まれたなら、ロベスピエールさんは否《ノン》と答えるに違いありません。肉親に頼まれようと、赤の他人に頼まれようと、その答えが変わることはないのです」

「きさま、サン・ジュスト、放言にも程があるぞ。いうに事欠いて、ジロンド派を庇う、だって。誰に向かって話しているのか、本当にわかっているのか」

「無礼を働くつもりはありません。なにかデムーランさんの気に障るようなことをいったならば、それについては謝罪させていただき……」
「だから、その分別くさい態度が気に入らないというんだ。かえって馬鹿にされている
ように感じるというんだ。とにかく、だ。僕は……、いいか、僕は……」
言葉を続けるより先に、デムーランはさらに腕をグイと出した。これ以上は昔からの
泣きどころの吃音《きつおん》が出るだけだ。経験則からしても、あとは身体から動いたほうが勝ち
なのだ。ああ、簡単な話だ。サン・ジュスト、おまえは邪魔だ。僕はマクシムに用があ
るんだ。
「おまえは脇《わき》にどいていろ」
いいながら歩を進めて、デムーランは所望の相手に詰め寄ろうとした。が、それが果
たせなかった。ロベスピエールの顔がみえる前に、またしてもサン・ジュストに阻《はば》まれ
てしまったからだ。それも両手でドンと胸板を押し返されて、だ。
「きさま、暴力を振るう気か」
「ですから、デムーランさんの振る舞いこそ、暴力的なのではありませんか」
「だから、サン・ジュスト、その生意気を改めろと……」
「行こうぜ、カミーユ」
背中から名前を呼ばれた。ああ、みんな、もう議場を出ちまった。だから、カミーユ、
俺《おれ》たちも急ごうぜ。みんなを追いかけて、外に出ようぜ。

そう続けた大きな影は、余人ではありえなかった。デムーランは知らず訴えるような声になった。

「ダントン、こいつら、なんとかしてくれよ」

マクシムと話をしたいだけなのに、ほら、みての通りの調子なんだから、本当にまいっちゃうよ。肩を竦《すく》めておどけながら、デムーランが思うことはひとつだった。ああ、そうなんだ、ダントン。こいつら、片づけてくれないか。君の「フランス式ボクシング」で、しばらく気絶させてやってくれないか。

ところが、ダントンは動かなかった。

「いいから、いこうぜ」

「でも……」

「いいから、カミーユ」

ダントンに強く繰り返されては、デムーランも応じないわけにはいかなかった。いや、本当に殴らなくてもいいんだよ。ちょっと脅《おど》しつけてもらえるだけで、あいつらは泣きが入るに違いないんだよ。

心では未練がましく続けながら、やはり大きな背中を追いかけるしかなかった。それにしても悔しいと思うほどに、最後に睨《にら》みくらいはくれてやらずには済まなかった。

そうして議席を振り返った刹那だった。最上段に目を向けて、デムーランは胸を衝《つ》かれた。向こうからも刃物のような眼光で迎えられたからだ。なんて冷たい目なんだろうと、戦慄《せんりつ》を強《し》いたのは余人でない。

サン・ジュストはこちらを睨みつけていた。生意気なと憤るより、今度のデムーランは恐ろしいと思った。その眼光が微妙な角度で自分から逸《そ》れていたからだ。ダントンにこそ、まっすぐ向けられていたからだ。あの女みたいな若造が、なんて真似《まね》をする。ダントンを睨みつけるなんて、怖いもの知らずにも程がある。

――いや、本当に怖くないのか。

仮にダントンに脅されても、涼しい顔で受け流すことができたというのか。デムーランは動揺した。容易に自分を取り戻せないというのは、ほとんど挑発するかのサン・ジュストに気づいていながら、巨漢のほうでも怒り出さないことだった。だって、ダントン、君も振り返っているじゃないか。これほどの無礼を、どうして許してしまうんだ。あんな思い上がりも甚《はなは》だしい若造を、どうして一蹴《いっしゅう》してしまわないんだ。

――怖いのか、君も。

なんとか頭を整理しようと、もうデムーランは必死だった。そんな馬鹿な。ダントンがビビるだなんて、ありえない。というか、ああ、そうか、ダントンは大人なのだ。そうすることに意味があるなら、拳骨《げんこつ》だって遠慮なく振るおうものの、甲斐《かい》がないなら怒鳴り声ひとつであれ、上げるだけ馬鹿らしいというものなのだ。

――なるほど、徒労だ。

国民公会《コンヴァンシオン》は残念ながら、今度も全員一致とはならなかった。マラとロベスピエールを取り囲む一群だけは、「からくりの間《マシーヌ》」に残った。しかし、たったの三十人だ。

それほど大きな意味はない。ああ、そうなんだ。マラは無論のこと、ロベスピエールにしてみたところで、蜂起《ほうき》の人民と対峙《たいじ》するのに、なにがなんでも必要というわけじゃない。ああ、いてくれれば、いっそう心強いと、それだけの話にすぎない。

――心強いといえば……。

パリの庶民に影響力ある指導者は、あの二人だけではない。こちらにはダントンがいる。蜂起の首謀者にはコルドリエ・クラブにつながる面々も少なくない。ならば、ダントンこそ話ができる。いや、この僕だって、そうそう捨てたものじゃない。ああ、ダントンと一緒に話をするんだ。今度こそダントンを助けるんだ。そう自分に言い聞かせながら、デムーランは前進してみることにした。

31——包囲

狭く、そのくせに長い廊下は、トンネルを思わせた。なかなか頭上が開けない。四壁の圧迫感に息苦しさまで覚えてしまう。わけても、その日のテュイルリ宮ではそうだった。早く、早くと、いつにも増して思うのだが、なかなか抜け出すことができなかった。

前のほうが詰まって、渋滞になっていた。議員行進も先頭のほうが足を止めてしまったのかと思うも、庭園を一周してくる予定なのだから、どこかで詰まるという話は考えられなかった。

そうすると議場を離れるなと、国民衛兵が今度も立ちはだかったのか。あるいは危険を察知して、議長のエロー・ドゥ・セシェルあたりが制止を命じたのか。

「…………」

嫌な予感がないではなかった。というより、ダントンの様子がおかしかった。例の政治的嗅覚《きゆうかく》でなにか嗅《か》ぎ取るところがあったのか、今も肩を並べているが、その表情を覗《のぞ》きみれば、いよいよ苦いものでも嚙《か》むように歪《ゆが》んでいるのだ。

「みてくるよ」

断るが早いか、デムーランは駆け出した。なんだか怖くなってきた。少しでも不安から逃れたいと思うなら、渋滞の理由くらいは突き止めないでいられなかった。

議員たちの肩を縫うようにしてみると、前に進んで進めないわけではなかった。これといった妨害があるではない。通行禁止令が出ているといって、国民衛兵が咎《とが》めていたわけでもない。ただ視界は容易に晴れない。

もうデムーランは玄関に達していた。誰に制止されたわけでなくとも、そこで立ち止まらないわけにはいかなかった。

――赤い壁が……。

テュイルリ宮の前面に建てられていた。これが八万という数の力か。

赤帽子《ボネ・ルージュ》が横並びに肩を組むと、隙間《すきま》なく石が積まれた城壁さながらの、不動の厚みを感じさせた。圧巻だというのは、その実は皆が冷たい石などでなく、個々が生きて、さかんに叫んでいるからだった。

そうして蠢《うごめ》いている様が、こちらからは一面の壁が炎に包まれ、ゆらゆら揺れているようにみえた。未《いま》だ衰える素ぶりもみせない太陽が、その背後に照るからだ。

あてられてか、声という巨大な空気の塊《かたまり》は、すでに熱風と化していた。波動として襲い来るたび、呆気《あっけ》に取られる者の頰《ほお》に、ひどい火傷《やけど》を余儀なくさせんばかりだった。

これでは前に進めない。通行禁止令の発令も、国民衛兵の制止も必要ない。これでは誰だって、あえて一歩を進めようとは思えなくなる。それ以前に足が竦《すく》んで、動けなくなる。

――怖い。

デムーランは嘶《いなな》く馬のように、ぶるっと大きく身震いした。

パリの蜂起《ほうき》は、これが初めてというわけではなかった。一七八九年七月、一七九二年八月と、これまで二度も起きているし、その二度ともデムーランは自ら参加していた。単に決起を煽動《せんどう》したり、あるいは蜂起を組織したりに留《とど》まらず、渦中では銃弾の下を潜《くぐ》るような危険な現場も経験した。だから平気というつもりもないが、といって、あっけなく呑《の》まれてしまうとも思われなかった。それが、こんなにも怖いのだ。怖くて、怖くて、堪《たま》らないほどなのだ。

思えば、これまでは常に攻める側だった。逆に、攻められる側からみるというのは、全く初めての経験だった。

――それが、こんなにまで怖いとは……。

他の議員たちと同じように、デムーランもその場に立ち尽くしているしかなくなった。

そうする間に、やりとりが聞こえてきた。声は議員行進の先頭にいた、議長エロー・ドゥ・セシェルのようだった。

「ですから、人民の望みというのは何なのですか。国民公会《コンヴァンシオン》は人民のことしか、つまりは人民の幸福のことしか、考えていないつもりなのですが……」

そちらに目を走らせると、一番にみえたのが、やけに茶色い唾《つば》だった。長身からペッと吐き下されて、いうまでもなく、向き合うのはアンリオである。

司令官とはいいながら、二角帽はだらしなく斜めに傾いていた。その陰になる相貌《そうぼう》に目を凝らしても、長い鼻は途中で曲がり、目脂《めやに》が垂れ、不精髭《ぶしょうひげ》は伸び放題と、世紀の美男の誉《ほま》れも高い元の貴公子エロー・ドゥ・セシェルと向き合うほど、野卑としか形容のしようがない。

そのアンリオが人差し指で鼻をほじりほじりの返事だった。いやはや、エロー・ドゥ・セシェルの旦那《だんな》よお。まだわかんねえようだから、はっきりといっとくぜ。

「俺《おれ》たち人民は、あんたらが吐き出す綺麗《きれい》なだけの言葉を聞きたくって、わざわざ蜂起したわけじゃねえんだ」

「では、誰のどんな言葉を聞きたいのだね」

「誰のどんな言葉も聞きたくねえ。ああ、俺たちは聞きたくなんかねえんだ。蜂起したのは、逆にあんたらに聞かせるため、あんたらに人民の命令を与えるためなのさ。あるいは、あんたらに教えるためといったほうがいいか。今のフランスには二十二人に、あれやこれやで追加の十二人を足して、俺たちの勘定じゃあ、全部で三十四人の犠牲が必要なんだってな」

「犠牲が必要と仰《おっしゃ》いましたか。だとしても、ジロンド派を犠牲にすることはできません。どうしても必要だというならば、そのときは私たち議員全員が犠牲になります」

あっ、とデムーランは声を上げそうになった。あっ、まずい。そういう挑発はまずい。なんとなれば、本職の軍隊が出動してきたわけではないのだ。上手にあしらうための訓練など、誰も受けてはいないのだ。単なる威嚇《いかく》のためであるとか、あらかじめ手加減するつもりであるとか、そんな余裕があるようなら、そもそも蜂起など試みないのだ。

――つまるところ、蜂起はいつだって本気なのだ。

それが証拠にアンリオは不敵に笑った。茶色い歯で、まさしくニヤリと大きく笑った。

ああ、そうかい。エロー・ドゥ・セシェルの旦那は、そういう考え方かい。大したもんだな。それとして、だったら答えは簡単だな。

そこまでボソボソと続けてから、アンリオはいきなり声を張り上げた。

「砲兵、位置につけ」

報告されていた通り、大砲が出されていた。国民衛兵隊とはいえ、一応の訓練は施されていたとみえて、砲兵たちの動きは思いのほかにキビキビしていた。砲身の先から最初に火薬の袋が入れられ、「送り」と呼ばれる詰め物ごと一緒に棒で奥まで押され、いよいよ砲弾が運びこまれ……。

エロー・ドゥ・セシェルはといえば、硬直した顔で後ずさりするしかなかった。誰かは確かめられなかったが、その腕を強く引いた者がいたらしく、美男の元貴族は直後よろけることにもなった。みじめに転んでしまうことなく、なんとか踏み留《とど》まりはしたが、しばらくは足元がフラフラしていた。

議長が醜態をさらして、まさに議会の体《てい》たらくを象徴した格好だった。

「だから、動きましょう。ここからだけは、とりあえず移動しましょう」

エロー・ドゥ・セシェルの震えた声で、議員行進が再開した。が、行進したというより、もはや追い立てられるというほうが正しかった。国民衛兵隊の銃剣に背中を突かれ、議員たちは今にも泣き出しそうな表情で、ただ逃げ歩いたままでなのだ。テュイルリ宮の庭園を一巡りさせられるほど、恥の上塗《うわぬ》りになるばかりだったのだ。

赤い壁は、すでにして笑っていた。してみると、投げつけられて痛いのは怒号でなく、ゲラゲラと本当に可笑《おか》しそうな笑い声のほうだった。

他に仕方がないので、自らも行進に加わりながら、渦中のデムーランは認めないではいられなかった。議会の権威は、いよいよ失墜《しっつい》してしまった。とことんまで堕《お》ちてしまって、議員の肩書などにしても、塵屑《ごみくず》同然になってしまった。

——マクシムを連れてくることができたなら……。

あるいはマラであっても、こうはならなかったに違いない。その鍵《かぎ》を握る男たちを説得できなかった、いや、途中で諦《あきら》め、しないできてしまったのだと、デムーランは今にして後悔に傾かざるをえなかった。

自分のせいなのだとも気が咎めた。こうまでの屈辱は仕事を完遂《かんすい》できなかった報いなのだとも思う。

——だから、僕は仕方がない。しかし……。

デムーランは理不尽を感じた。ああ、僕は仕方がない。それでもダントンは関係ない。なにか失敗したわけではないのだから、こんな屈辱的な行進に参加することはない。

「だから、ダントン、いいのかい、こんなので」

ダントンは無表情で、しかも一言も喋《しゃべ》らなかった。それでも行進の列に加わり、黙々と歩き続けた。しかし、いいのかい。君ほどの男が、こんな屈辱に甘んじて。

「というか、その必要はないんじゃないか。なあ、ダントン、君が話せば、アンリオだって大人しく話を聞くんじゃないか」

そう水を向けても、ダントンは無言を貫き、ただ弱々しく笑ってみせただけだった。

「本当に、どうしたんだ、ダントン。まさかサン・ジュストの奴《やつ》に魂を抜かれてしまったわけでもあるまい」

釈然としないままに、屈辱の議員行進ばかりが続いた。テュイルリ宮の庭園も折り返しにあたる、中央の泉水あたりまで来たときだった。

全員が立ち止まった。議員の背中を小突《こづ》いていた、不遜《ふそん》な国民衛兵が立ち止まったということだ。のみか後ろを振り返ってもいた。兵隊たちに倣《なら》って目を凝らすと、王宮の方角から小走りでやってきたのは、子供たちの一団だった。

風体からサン・キュロットの子供たちだとわかる。それが議員にいっそうの屈辱を与えようと、新手の悪戯《いたずら》でも考えついたのかと思いきや、わあわあ賑《にぎ》やかな歓声に取り囲まれている男がいた。「人民の友」をまさに地で行く、ジャン・ポール・マラその人だった。

議員の群れに追いつくと、マラは手を掻《か》き、首を掻き、それでも表情と言葉は惚《とぼ》けているという、いつもの調子で始めた。いや、こんな遠くまで勝手に離れてしまうだなんて、君たちも意外に無責任なんだね。

「職務に忠実たる議員は、そろそろ持ち場に戻られては如何《いかが》かね」

マラの口上は刹那《せつな》は殴りつけたいくらいに歯がゆかった。が、そこは司令官アンリオが神を崇《あが》めるがごとく心酔している男である。応じて国民衛兵隊まで銃剣を突き出す方角を改めたからには、もとより無力な議員たちに抗《あらが》う術《すべ》などありえなかった。

テュイルリ宮の「からくりの間《マシーヌ》」に戻ると、演壇に待っていたのが車椅子《くるまいす》だった。デュプレイ屋敷の下宿人にして、今やロベスピエールの右腕をもって任ずる、ジョルジュ・オーギュスト・クートンが始めた。

「さて、国民公会の諸氏は、これで自らの自由を確かめられたことでございましょう。なにせ人民のなかに分け入り、人民が善良であり、ものわかりがよいことを、身をもって理解なされたわけですからな」

そう前置きしたうえでの提案が、ジロンド派の二十二議員と、十二人委員会委員、ならびに二大臣クラヴィエールとルブラン・トンデュの逮捕だった。

その全てを国民公会は賛成多数で可決した。他に選択肢などなかった。が、ジロンド派の逮捕に応じるならば、それは自殺行為に等しい。議会の権威が失墜して、もう誰からも信じてもらえなくなる。だから、デムーランは友に質《ただ》した。

「それで、いいのか、ダントン、君は本当に」

「仕方ねえさ」

「仕方ないじゃ済まないだろう」

「かもしれんが、ううん、まあ、なんとかなるだろう」

「なるのか」

「と思うが、とりあえずは、早く家に帰りてえ」

「呑気だな、ダントン、君も」

そうした言葉でデムーランは腹立ちを紛《まぎ》らわせたが、実際に通行禁止令が解かれたのは、夜の十時すぎのことだった。

しかも、最初は止められた。仕事は終えたのだからと、議員たちが帰ろうとしたところ、まだ許可は出ていないからと、国民衛兵隊は足止めをくわせてきた。蜂起の本営たるパリ市政庁から、ようやくの許可が届くまで、さらに十五分ほど待たなければならなかった。

32——すっきりしない

背中を突き飛ばしてやると、よろよろという感じで女は倒れた。あっと短く悲鳴も上げたが、サン・ジュストとしては冷たく思うだけだった。

——はん、わざとらしい。

御上手《おじょうず》なことにも、倒れた先が寝台だった。追いかけて飛びこむや、乱れた裾布《すそぬの》に手をかけて、でんと大きな尻はおろか、板のような背中が覗《のぞ》く高さまで、一気に捲《まく》り上げてやる。

「つまるところ、これが御《お》めあてなんだろう」

罵《のの》りの言葉に弾《はじ》かれるようにして、女は勢いよく起きた。大急ぎで裾を直すと、飛んできたのは平手打ちだった。

ぴしゃりと鋭い音と一緒に、ジンと広がる痛みがあった。自分の頬《ほお》を二度、三度と撫《な》でながら、サン・ジュストは独り言のように呟《つぶや》いた。俺《おれ》の顔を叩《たた》いたか。この美しい俺の顔を……。

ばっと動いて、サン・ジュストも平手を返した。打《ぶ》たれた女は枕《まくら》まで飛んでいった。が、きっと睨《にら》みつけるような強い目つきと一緒に戻ると、こちらの襟《えり》のクラヴァットを奪いながら、すぐ間近で赤い唾《つば》を吐いてみせた。

「醜女《しこめ》がっ」

「女に暴力を振るうなんて、あなた、最低の男だわ」

「というが、その最低の男に、おまえ、なにげなく身体《からだ》を預けているじゃないか」

「………」

「自分で美人だと思ってるんだろ。靡《なび》かない男はいないなんて自信があるんだろう。ほら、知らないふりして肩なんか擦《こす》りつけて、柔らかいでしょう、すべらかでしょう、甘い匂《にお》いがするでしょうなんて、おまえ、ほとんど押し売り同然だな」

女の平手が、また大きく振り上げられた。その折れそうな手首をつかむと、サン・ジュストは自分の胸板を押し出して、そのまま寝台まで進んだ。

一緒に倒れる動きで下に組み敷かれると、女は暴れた。いや、暴れるふりをした。それだけだった。

裾を探りなおしてみると、ぬるという感触で指が吸いこまれていった。指の分だけ、ぬるいものが外に溢《あふ》れ出してもいる。やっぱり、そうなんじゃないか。いや、そうなんだと疑いもしていなかったが、はん、これほど浅ましいとなると、さすがに気持ちが萎《な》えてくるな。

一七九三年は猛暑の夏になった。その七月十三日も雲ひとつない晴天で、一日というもの顎《あご》から汗が伝い続けた。

蒸し蒸しする息苦しさは、夕《ゆうべ》を迎えた今になっても変わらなかった。となれば、期待を孕《はら》んだ女の身体は、甘いどころかほとんど饐《す》えた臭《にお》いさえ、むんと濃厚に立ち昇らせる。

「ちっ」

ひとつ舌打ちすると、サン・ジュストは立ち上がった。駄目だ。無理だ。自分をけしかけるだけの意味もない。

「やっぱり帰らせてもらう……」

「待ってよ、アントワーヌ・レオン」

感じるところがあったか、女は瞬時に気取りを捨てた。自分で裸になったのみか、こちらの服まで剝《は》ぎ取る勢いで脱がせにかかった。

撫でたり、しごいたり、咥《くわ》えたり、跨《また》いだり。唾なのか、汗なのか、それとも女陰《じょいん》の湿りなのか、ぬるぬる全部が混ざり合って、なにがなんだかわからなくなる。

――夏だからな。

まあ、好きにするさと、寝台に脱力して、四肢を広げるサン・ジュストは、しばらく我慢してやることにした。

女の名前はテレーズ・ジュレ・トーラン、ブレランクールから上京してきた。エーヌ県の片隅にある田舎町《いなかまち》は、サン・ジュストの故郷でもある。つまりは向こうで、そういうことになっていた女だ。それがパリまで自分を追いかけてきたというのだ。

——面倒くさい話だ。

テュイルリ荘に逗留《とうりゅう》していますと、手紙が届けられたのは一昨日《おととい》のことである。命名をテュイルリ宮殿に因《ちな》んだ旅館は、いうまでもなく本尊と目と鼻の先の立地だ。宮殿に議会が置かれていれば、サン・ジュストの仕事場の近所ということにもなる。住まいはガイヨン通りの合衆国荘《エタ・ズニ》だが、その下宿も界隈《かいわい》のうちで、新しい単位でいっても数百メートルと離れていない。

無視できそうにはなかった。いや、仮に無視できたとしても、自分は鉄面皮《てつめんぴ》に無視を決め続けられるだろうかと、サン・ジュストには覚束《おぼつか》ない思いがあった。ああ、知らない女というわけじゃない。邪険にするほど、薄情な男でもない。

あれこれ考える分だけ、仕事から気が逸《そ》れる。あんな女のために馬鹿らしい。それなら会って、適当にあしらってしまえと、手紙を返したサン・ジュストだったが、いざ約束のテュイルリ荘を訪ねてみれば、やはり愉快な話ではなかった。ああ、マジで面倒くさい。一発抜ければ悪くないかと思って来たが、これじゃあ、ひとりで悶々《もんもん》としていたほうがマシだ。

「下手糞《へたくそ》がっ」

いきなり女の髪をつかむと、サン・ジュストは怒鳴りつけた。臍《へそ》の向こうの繁《しげ》みのなかで、テレーズは目だけで小さく顔を上げた。

「ごめんね、アントワーヌ・レオン、ごめんね」

また始めたテレーズは、栗毛《くりげ》が滅茶苦茶《めちゃくちゃ》になっていた。丁寧に結《ゆ》われていたものが乱れて、汗に塗《まみ》れたためにさらに癖毛のようにして、はん、それもあだっぽいというより、いよいよもって汚らしいな。それでも逃げないでやるなんて、ずいぶんなおひとよしもいたもんだな。そうやって自分を冷やかしたところで、やはり誤魔化《ごまか》すことはできなかった。

「だから、テレーズ、歯をぶつけるな」

サン・ジュストは苛々《いらいら》していた。ああ、もっと上手にやってくれ。中途半端にやられるんじゃあ、モヤモヤして、かえって気分が悪くなる。

「ああ、思ったより、全然すっきりしないんじゃあ……」

六月二日、国民公会《コンヴァンシオン》はジロンド派を追放した。最終的に二十九人を追放して、少なくとも主《おも》だった面々は議会からいなくなった。

五月三十一日に始まる蜂起《ほうき》は、遂《つい》に成功したといえる。が、大成功したとはいいがたかった。少なくとも、当初に思い描いた絵図は崩れた。

——精神的な蜂起、道徳的な暴動。

そう念じて促した運動も、失敗したわけではなかった。八万人といわれる群集が蜂起したが、血は一滴たりとも流されていないのだ。いくらか火薬は煙になったかもしれないが、それも警砲、威嚇《いかく》のために使われただけなのだ。

——とはいえ、専《もっぱ》ら精神的でも、全く道徳的でもなかった。

庶民の怒りを目《ま》の当たりにし、不徳を恥じたジロンド派が議員辞職を自ら決断したわけではない。同じく民意との乖離《かいり》を猛省した議会が、自発的な投票でジロンド派に対する辞職勧告を決議したわけでもない。

——テュイルリ包囲に脅《おど》かされて、渋々ながら……。

通行禁止令の次なる処断を恐れるあまり、泣く泣く……。だとすれば、ジロンド派を追放したのは、暴力である。血の一滴も流れなくとも、やはり暴力なのである。

それは失点になる。ジロンド派の追放という加点が得られたとしても、失点は失点として、つけいられざるをえない。

事実、多くの反感が突きつけられた。それを武力による政変だとして、全国から七十になんなんとする諸県が、数日内にパリに抗議の文書を届けた。

議員からして、あれよという間に態度を変えた。二日にはジロンド派の逮捕に賛成しておきながら、六日には右派議員五十二人が「同僚議員の逮捕に対する署名抗議文」を議会に提出したのだ。さらに十九日には、新たに十九人の議員が動きに加わり、全部で七十一人の議員がジロンド派の追放に異を唱える体《てい》になった。

不可避的に国民公会の審議においても、六月二日を後悔する流れが生じた。動いたのは、ダントンやバレールという、かねて議会の宥和《ゆうわ》路線を進めてきた連中だった。恐らくは目論見《もくろみ》が挫《くじ》かれた二日の時点で、もう逆転の画策を始めていたのだろう。蜂起の人民、八万人の大結集さえ解かれてしまえば、いくらでも取り消しようがあるのだと、いったん退いたふりをしただけなのだろう。

実際のところ、一派には右派議員と提携した節もある。バレールが国民公会の演壇に進んだのも、それら議員の抗議文が届けられた日と同じ、六月六日なのである。

「全ての革命的委員会が廃止されるべきである。パリ国民衛兵隊の指揮は刷新されなければならない。また選出議員が逮捕された諸県には、山岳《モンターニュ》派から選ばれた人質を送るのがよいだろう」

バレールが訴えたのは、つまりは蜂起の主体の解散、国民衛兵隊司令官アンリオの罷《ひ》免《めん》とパリ諸街区《セクシオン》の武装解除、そして逮捕されたジロンド派議員の身柄の保障だった。

これが罷《まか》り通るなら、六月二日の成果は無に帰すことになる。

33――怒り

――実際、ジロンド派の追放は反故《ほご》にされかけている。

ときにジロンド派は、なお健在、ますます軒昂《けんこう》ともみえる。

例えばヴァラゼは六月四日の議会に、逮捕された身にして議員報酬だけは支払われ続けるよう容《い》れさせた。五日には自ら赦免を辞退する旨を届けたが、弱気な国民公会がそれを検討しているという噂《うわさ》あっての話であり、かつまた堂々と裁判で争ってやるという、ジロンド派の強気あっての話なのだ。

同じく裁判を要求したのがヴェルニョーだったが、このジロンド派を代表する論客にいたっては、告発者どもを逆に告発してやる、少なくともリュイリエだけは必ず断頭台に送ってやると、返す刀で脅《おど》しにかかったほどだった。

逮捕が決議された二人の大臣にいたっては、更迭《こうてつ》もされなかった。六月十三日になって、ようやくクラヴィエールが罷免され、後任の財務大臣にデトゥールネルが就《つ》くことになった。ルブラン・トンデュからドゥフォルグに外務大臣が代わったのは、さらに遅れて二十一日の話になる。

させておき、あれやこれやで明らかになった通りで、ジロンド派は自由な活動を続けていた。議決で逮捕が命じられたといいながら、国民公会の弱気あるいは変節ゆえに、自宅軟禁の処分で済まされたからだ。

なるほど、裁判の準備に励めるはずだった。国権の執行にも支障を来《きた》すわけではなかった。なにせジロンド派の議員たちは自由に外出できたのだ。あるいは自宅に客を迎えることも、はたまた派手な宴会を開くことも、それこそ当人の勝手で自由なままだったのだ。

──逃げるのも自由だ。

自宅軟禁で済まされたため、六月二日の夜から三日にかけた、いわば逮捕初日のうちに、十二人が地方に落ちた。続く数日にさらに八人が逃げて、逮捕されたジロンド派二十九人のうち実に二十人までが、みる間にパリからいなくなった。

あるいはヴェルニョーやヴァラゼなど、裁判で戦う道を積極的に選んだ者だけが、あえてパリに残ったのだというべきかもしれない。六月十日にムーランで逮捕され、パリに連れ戻されたブリソを含めて、逮捕者が自宅軟禁から獄舎収監に切り替えられたのは、ようやく二十四日の話にすぎない。

——逃亡したジロンド派が、地方で大人しくしているわけでもない。それぞれが落ちのびた先で説いて回り、反パリの運動を組織していた。六月二日から数日のうちに、パリに抗議の声が届けられたというのも、連中の暗躍と無関係ではなかった。

ジロンド派はパリに対する反乱さえ教唆《きょうさ》した。パリの暴挙を許すな、だから中央集権は望ましくない、今こそ連邦主義の旗を掲げよと、国民公会を席捲《せっけん》した弁舌の力を、今度は地方で存分に発揮したのだ。

全ての地方が真《ま》に受けたわけではない。なお良識を保った諸県は少なくない。が、北部の事態は深刻だった。

まずはジロンド派の切りこみ隊長ビュゾが、逃れた先の故郷エヴリューからウール県庁を動かした。六月七日にはパリ進軍のための軍勢、四千人の召集まで決断させた。九日にはカルヴァドス県も続いた。同県のカーンには、ペティオン、ガデ、バルバルー、サル、ルーヴェと、逃亡したジロンド派の主な面々が逃げていた。十三日、やはり県庁が軍隊召集の声を発し、その指揮をヴァンフェン将軍に委《ゆだ》ねたとなれば、いよいよ旧ノルマンディ州を挙げての反乱の体となる。

これにフィニステール県、イール・エ・ヴィレーヌ県、コート・デュ・ノール県、モルビアン県、マイエンヌ県と、旧ブルターニュ州の諸県が加われば、いよいよパリ北西の全域が敵と化した格好である。

新たな図式で、新たな内乱が発生していた。リヨン、ボルドー、マルセイユは、すでに国民公会に反旗を翻《ひるがえ》している。同じ南フランスにおいては、トゥールーズ、ニーム、トゥーロンが、反パリの動きに新たに同調した。

パリと国民公会にしてみれば、まさしく由々《ゆゆ》しき事態である。いくらかでも救われたどころか、六月二日の前に倍した危機的状況である。これでは、なんのために蜂起《ほうき》したのかわからない。蜂起が成功したのかさえ、わからなくなる。

――かえって、ジロンド派の底力をみせつけられた。

下手に追放したがため、いっそうの難敵と化してしまった。フランス再生にようやく乗り出せるどころか、さらなる辛苦の泥沼に嵌《は》まりこむことになった。

いや、だから軌道を修正すればよいと、そう論じる向きもあった。

「向こうも本気で内乱を起こすほど馬鹿ではない。ああ、話し合いの余地はある」

「ジロンド派の釈放になるか、議員資格の復活になるか、はたまた蜂起の首謀者の処罰になるか、いずれにせよ、落としどころも探れないわけではない」

ダントンやバレールを中心とした勢力は、実際に交渉も始めたようだった。が、だからこそ、サン・ジュストは問わずにいられないのだ。六月二日を無駄にしてよいのかと。ジロンド派の政治生命だけは、やはり絶つべきではないのかと。その復権を認めることで、仮に眼前の難局は緩和されたとしても、大局的にみれば無為無策で、ただ破滅を待つばかりのフランスに、逆戻りするだけではないかと。

「ふざけるな」

知らず声に出たらしい。濡《ぬ》れた唇を動かしながら、テレーズが受けた。

「えっ、なに、アントワーヌ・レオン」

「尻だ」

ハッとしたような顔になると、テレーズはすぐに動いた。よつんばいになりながら、狭間《はざま》の繁《しげ》みが覗《のぞ》くところまで、高く突き出しもした。

少しはもったいつけたらどうだと呆《あき》れもしたが、といって恥ずかしがる真似《まね》などされたら、それはそれで苛々《いらいら》が増すだけだ。まあ、いいかと、サン・ジュストは身を起こした。

下腹の道具も、それなりには昂《たかぶ》っているようだった。まあ、いいかと女の尻に手をかけると、左右に押し開くようにして、自分を前に押し出してみる。

土台ぬるぬるしていれば、簡単に入ってしまった。かえって抜けてしまわないかと、それが心配なほどだった。が、すっかり呑《の》まれてしまったからと、それで気持ちよいわけではない。なんだか、ひっかかる感じだ。

「しっくりこないな」

「こう、こんな、これくらいで、どう」

　くねくね腰を動かしながら、テレーズなりに合わせようと必死だった。が、それもこれも、早く漕《こ》いでくれということだろう。互いに擦り合わせることで、とりあえず気持ちよくなりたいということだろう。

　――これが現実なのか。

　サン・ジュストは問いかけをやめられなかった。あるいは大人の判断なのか。正義を正義として通さず、適当なところで妥協する。誰も傷つけないことで、世の中を滑らかに回していく。

「が、それじゃあ、すっきりしないだろう」

　どうなんだ、どうなんだ、どうなんだ。吠《ほ》えるように問いかけながら、サン・ジュストは前に後ろに激しく動いた。自分でも俄《にわ》かに漲《みなぎ》るのがわかった。優しさでなく、いたわりでなく、面倒くさい女にも、怒りでなら向き合うことができそうだった。

34――この俺こそ

スパン、スパン、スパン。肌を鋭く打ち鳴らすかの連続音に、女の喜悦の声が絡む。

いいわ、いいわ、これがいいわ。

「そうだろう、そうだろう、そうだろう」

サン・ジュストは噴き出す汗も構わなかった。激しく、もっと激しくと動きながら、ただ身体《からだ》が滑らないように、いっそう強く女の尻を押さえつけた。

――ああ、強くやらないと、駄目だ。

現に腑《ふ》抜《ぬ》けた大人の流儀では、フランスは立ち行かなくなっている。新たに起きた連邦主義者の反乱を措《お》くとしても、一国でヨーロッパ全土を敵に回すような対外戦争に、泥沼化するばかりのヴァンデの内乱にと、祖国は絶体絶命の危機に喘《あえ》いでいるのだ。

破滅しないでいることが精一杯であれば、傾いた国家財政は立て直しの目処《めど》も立たず、アッシニャの暴落で経済は混乱したまま、あげくの食糧不足で社会不安は負の極致に転がっていくばかりである。ああ、これではフランスは不幸なままだ。

「断固たる措置を取らなければならない」

そう唱える輩《やから》も、いないわけではなかった。他でもない、激昂《アンラジェ》派の連中だ。六月二日の蜂起《ほうき》の首謀者として、奴《やつ》らばかりは勢いづいていたのだ。

庶民の味方、サン・キュロットの代表を任じながら、わけても食糧問題については、もはや独壇場の感さえある。

六月二十五日、コルドリエ・クラブ、グラヴィリエ区、ボンヌ・ヌーヴェル区の名において寄せる請願として、ジャック・ルーが国民公会《コンヴァンシオン》で試みた演説は、わけても記憶されるべきものだった。

「立法府の諸氏よ、はっきりといわせてもらおう。あなた方は人民の幸福のために、なにもしてこなかったのだ。この四年というもの、金持ちだけが革命のうまみに浴してきた。つまりは、商人選民主義が貴族選民主義にとってかわっただけの話だ」

相変わらずの過激な意見は、好意的に受け入れられたわけではなかった。

右派、中道は無論のこと、左派であるジャコバン派または山岳《モンターニュ》派の議員たちにまで、ひどく嫌われている。

ジャコバン・クラブは当然として、名前を使われたコルドリエ・クラブ、さらにグラヴィリエ区、ボンヌ・ヌーヴェル区までもが、ジャック・ルーを非難する声明を出した。

ともに蜂起を戦ったパリ自治委員会にせよ、激昂派の糾弾《きゅうだん》に動き出している。

――すぐさま実力行使に走るからだ。

二十五日の演説にしても、二十六日には洗濯女の暴動を引き起こすことになった。こうまで値上げされては商売上がったりだと、女たちは石鹸屋《せっけんや》の略奪にかかったわけだが、これもジャック・ルーが相場師と買い占め人の懲罰を叫び、いうところの所有権まで躊躇《ちゅうちょ》なく否定してしまった結果なのだ。この無法を権利と肯定してしまうなら、社会は激昂派を容易に容認できないのだ。

――しかし……。

相場師だの、買い占め人だの、社会の悪は厳罰に処してよい。金持ちの所有権にせよ、無条件に認めてやる必要はない。激昂派ほど支離滅裂な実力行使に走る気はないながら、その主張自体についてはサン・ジュストも、少なからず共感を覚えていた。

――しかし、おまえらは本物なのか。

いまひとつ信が置けないというのは、六月二日の首謀者たちも他面では、ダントンやバレールにうまく懐柔されてしまっていたからだった。

六月八日、議会は蜂起委員会あるいは革命中央委員会が、向後《こうご》はパリ県監視委員会に統合されるべきことを提案、これを当事者たちも容《い》れていた。

パリ県監視委員会とは一種の政治警察機構だが、それとして給料が支払われる公僕の地位である。すでに地位あるパリ自治委員会の面々は別として、それを激昂派は容れた。小躍りするくらいの喜び方で、最近勢いづいているのも、もはや日蔭者《ひかげもの》ではないとの自信からなのだ。

――が、そうした自分を俺《おれ》なら誇ることができない。

つまるところは利に聡《さと》いだけではないか、とサン・ジュストは思う。それでは断固たる措置は取れない。本物として今のフランスを救うことはできない。聡い分だけ利に釣られてしまうからだ。ダントンやバレールといった輩に、ことによるとジロンド派の輩にまで、あえなく釣り上げられてしまいかねないからだ。

――だから、切る。

実際に政治は激昂派の排除に動き出している。一種の政治力学だとの声もある。

パリ自治委員会、つまりはパーシュ、ショーメット、なかんずくエベールといったところまでが生き残りで、ジャック・ルー、ヴァルレ、ルクレールから先は切らなければならない。右端のジロンド派を切ったのだから、左端の激昂派も切らなければならない。

それが政治力学の理屈であり、そうして均衡を取らなければ人民の支持は得られないともいわれたわけだが、サン・ジュストとしては「右寄り」のダントン派は無論のこと、「左寄り」のエベール派とて認める気にはなれなかった。

――ああ、やはり新時代の旗手ではない。

パリ自治委員会の面々にも安易な期待はできなかった。主張そのものには同じく聞くべきところがありながら、激昂派に増して利に聡いところがあるからだ。

エベールなどサン・キュロットのサン・キュロットたる所以《ゆえん》とばかり、己の欲を隠そうともしない。相手にされるかどうかは措いて、自身の女好きは間違いないし、酒だの、料理だのなら逃げられる心配がないからか、最近は俄《にわ》かに美食に走っているとも伝え聞く。綺麗事《きれいごと》を語る裏で欲に塗《まみ》れているよりマシだと、それが人気の一端になってもいるが、だからといって激昂派と比べたとき、どれほど上等だとも思われない。

——この俺のほうが、どれだけマシか知れないほどだ。

そうやって、サン・ジュストには自負を昂《たかぶ》らせるときもあった。ああ、あいつらには任せられない。比べれば、俺のほうが遥《はる》かに本物に近いし、遥かに断固たる措置が取れる。

——しかし、この俺にしてみたところで……。

たっぷりと無駄な脂を蓄えた白いものが、ゆさゆさ波を打っていた。喘ぎ声も高くなっていくばかりだ。それらをサン・ジュストは絶望に似た気分で眺め、また聞いた。ああ、この俺にしてみたところで駄目だ。こんな女に突っこんでいるようじゃ、駄目だ。もとより、フランス救済を頼める人は限られていた。

——ロベスピエールさん……。

散り散りに躍るような栗毛《くりげ》の髪を鷲摑《わしづか》みに、サン・ジュストは女の小さな頭を無理にも枕《まくら》に押しつけた。尻を上げろ。もっともっと高く上げろ。そして、いえ。私は浅ましい淫売《いんばい》なのだと。自分の正体を自分の口で認めてみせろ。

「いう、いう、いうから、アントワーヌ・レオン、もっと、もっと……」

「もっと、こうか。こうか、こうなのか、テレーズ」

六月二日の蜂起がかろうじて成功であり、革命が革命であり続けているとすれば、大方がロベスピエールのおかげだった。

六月八日の議会で、六日のバレール提案に反対の意を表明し、ダントンらの巻き返しを阻《はば》んだのもロベスピエールだった。それではパリのサン・キュロットしか喜ばない。フランス人民一般はついてこない。諸県も反感を解消しない。そう非難もされながら、かたわらで急いだのが、新たな憲法の制定だった。

憲法委員会を刷新するや、六月十日には議会に草案を提出させ、二週間の集中審議で二十四日には「共和暦第一年の憲法」として採択、二十七日には批准《ひじゅん》のための有権者一次集会の召集を宣言すると、全ての作業は一気呵成《いっきかせい》の勢いで進められた。

――まさに断固たる……。

いかにもロベスピエールらしい。まさに面目躍如だというのは、フイヤン派の時代、立憲王政の時代は無論のこと、ジロンド派の時代にも決して戻らないという声高な意思表示こそ、新たな憲法の制定だったからである。

——ロベスピエールさんには欲がない。

陸軍大臣ブーショットが続投なったのも、ロベスピエールの仕事だった。ジロンド派の意を受けて、ダントンやバレールが更迭《こうてつ》を画策していた大臣のことで、実際六月十三日には解職が決まり、その後任にはアレクサンドル・ボーアルネが選任された。

新閣僚はダントンが推薦した将軍で、かつては議員として憲法制定国民議会に勤めていた。のみか議長の経験もある。まさに適任と思われたのだが、これに反対したのがロベスピエールだった。

ボーアルネは子爵《ししゃく》の位を有した貴族の出身であり、入閣は容認できないとして人事を反故《ほご》にするところまで運んだのは、いうまでもなく、ジロンド派が戻れる余地など全て潰《つぶ》しておかなければならないからである。

六月三日には亡命者の土地売却に関する法律、六月十日には公有地の分割処分に関する法律、六月二十三日には公債強制割当の免除に関する法律と、ロベスピエールは財産に関する諸法も次々と定めていった。あるときは貧者の利害で、あるときは富者の利害で、つまりは無私の気概で臨んで、はじめて達成しえた立法だった。

——つまるところ、ロベスピエールさんは綺麗なのだ。

いいわ、いい、いい。女の言葉がうわ言に近くなってきた。酔漢よろしく、だるそうに頭を振ってもいる。そろそろかな、とサン・ジュストは覚悟せざるをえなかった。果てるなら果てるでよい。が、それにしても、テレーズは厄介なのだ。咥《くわ》えたまま、もう二度と放したくないと思う欲の表れか、きつく締めつけてくるのが常なのだ。

――嫌だな。

輪を嵌《は》められ、それを狭められたような痛みが、サン・ジュストは好きでなかった。このまま抜け出せなくなる不安があるからだ。無理に抜いたが最後で、そのまま捥《も》ぎ取られてしまう恐怖もないではない。嫌だ。ああ、嫌だ。こんなところに、やっぱり突っこむんじゃなかった。どうしてって、俺だって綺麗でいられるはずだった。つまらない快楽など、きっぱり拒絶することで、こんな風に滾《たぎ》る湿りに汚れることもなかったのだ。

――たまたま顔が綺麗だっただけで……。

欲深な女が勝手に寄ってくるようになって……。あげく天使に生まれついた者が、知らず知らずのうちに堕落させられて……。そう悔しく思いながら、サン・ジュストは最後まで走ることにした。

いや、と思い返していた。いや、痛みは俺が引き受けるべきなのだと。どうせ汚れた身であれば、俺こそがとことん汚れるまでなのだと。

――ロベスピエールさんは落ちこんでいる。

六月二日以後の政治を孤軍奮闘の体《てい》で支えながら、ひどく疲れた様子である。六月十二日のジャコバン・クラブでは、珍しく弱音も吐いた。

「私事だが、力不足を自覚せざるをえなくなった。もう貴族の陰謀と戦えるほどの活力は湧《わ》いてこない。四年間の苦痛に満ち、また実りのない仕事の連続に酷使されて、もうすっかり枯れてしまったのだ。ああ、私は切に感じている。肉体的にも、精神的にも、私が発揮できる力は、もはや大革命を行う域には達していないと。ああ、私が辞職届を出す日も近いだろう」

不屈の革命家を、そうまで打ちのめしたのは他でもない。ロベスピエールは六月二日を後悔していた。ジロンド派は追放しなければならない。時代を逆行させてはならない。そう念じて働きながらも、必ずしも精神的な蜂起、道徳的な暴動ではなかった顚末《てんまつ》を悔やみ、また議会政治を否定したのではなかったかと、不断に自分を責めていたのだ。

――だから、俺こそが汚れるべきだった。

蜂起が行われなければならないものならば、自らが兵団を率いるべきだった。それも半端な脅《おど》しに終わらせることなく、一気に片をつけるべきだった。あげくに全ての責任を、ひとりで被《かぶ》ればよかったのだ。ああ、テュイルリ宮を砲撃し、ジロンド派の連中を銃殺し、あげくにロベスピエールがフランスを救う道が開けるならば、サン・ジュストは乱心した、サン・ジュストが暴走した、サン・ジュストは人殺しだと、そうやって口汚く罵《ののし》られることこそ本望だったのではないか。

――なのに……。

35――若い女

ああ、ああ、ああ、ああ。サン・ジュストは吠えた。走るものが走って、脱力した。息を乱しながらに伏せると、女の背中はみるよりも柔らかく、ぶよぶよしているくらいだった。嫌だ。ああ、嫌だ。ひくひく動いて、また嚙《か》まれた。この女、やっぱり締めつけてきやがった。どうしようもない。こうなっては、どうしようもない。

――ロベスピエールさんの心が折れた今となっては……。

あと頼みにできるのは、マラくらいのものだった。なるほど、利に聡《さと》いわけではない。無欲といえば無欲でもある。が、自らを厳しく律しているかといえば、たまたまの変人なのだというほうが、正しい気がする。実際のところ、どう崩れるかわからない。内縁の妻がいたり、妹を同居させたりと、マラにも家族がないではない。それが革命を推し進めるに、思わぬ弱みにならないともかぎらない。

——ああ、邪魔だ。

と、サン・ジュストは思う。家族も邪魔だ。女も邪魔だ。煩わしいばかりだからだ。革命家には同志しかいらないのだ。

汗が冷えた頃合《ころあ》いを見計らい、サン・ジュストは切り出すことにした。

「テレーズ、おまえ、ブレランクールに帰れ」

「えっ」

「亭主のところに帰れと、そういっている」

そういう女を、わざわざ選んだわけではなかった。が、ブレランクールくらいの田舎《いなか》になると、そういう女でなければ簡単にはつきあえない。生娘《きむすめ》などに手を出したが最後で、すぐさま周囲が縁談だと騒ぎ出す。

面倒くさい。といって、傲岸《ごうがん》に無視するわけにもいかないのは、議員として選挙区の評判は大切だからだ。高《たか》が女ひとりで、政治の夢をふいにするほど馬鹿ではないのだ。

となると、既婚者は便利だ。やはり、便利だ。サン・ジュストは心に繰り返した。

「だから、テレーズ、ブレランクールに帰れ」

合わせていた目を逸《そ》らすと、テレーズは敷布を胸に抱いた。今さらながらに肌を隠して、あるいは今から鎧《よろい》でもまとう気でいるのだろうか。

「嫌よ。夫とは別れるわ」

「なに」

「新しい民法ができて、これからは離婚だってできるんでしょう」

サン・ジュストは答えなかった。それまたロベスピエールが進めている仕事だった。はん、半端に齧《かじ》ろうとするから、女は厄介だというんだ。そう心に唾棄《だき》しながら、もう不機嫌顔を隠そうとは思わなかった。

「忙しいんだ、俺《おれ》は」

「議員だから、ということ？」

「それだけじゃない。もう公安委員会の一員でもある」

六月三日、国民公会《コンヴァンシオン》は諸委員会の改組を決めた。ジロンド派の有力議員が抜けたからで、公安委員会の欠員も六月十三日に補充された。それにサン・ジュストが選ばれたのだ。

明かせば、サン・ジュストには胸を張る気分もないではなかった。七月十日には公安委員会の全面改組が断行されたが、このときもサン・ジュストは留任になった。かたわらでダントンは再任から洩《も》れたのだ。

「だから、なに」

そうテレーズに返されて、サン・ジュストは一瞬だけ弱気になった。だから、なに。公安委員会の一員だから、なに。

「なんでもない」

としか、答えられなかった。国民公会の一委員会は、デュムーリエ事件の反省から立ち上げられた、国政の監視機関である。与えられた権限の使い方ひとつで、広範な政治力を発揮しうる。

他面、これまでは公安委員会など、なにもできなかった。ダントンほどの大物が指導しても、特筆するべき仕事ができるではなかった。

あるいは振るわなかったのは、ダントンのような生ぬるい男のせいだったからかもしれないが、いずれにせよ、さしたる実績があるではない。

「しかし、これからは……」

「助けになれるわ」

「えっ」

「だから、あなたの助けになれるわ、アントワーヌ・レオン」

「助けなどいらない」

「でも、女手がいるでしょ。議員でも生活はするんだもの」

「それなら、下宿の婆《ばあ》さんで足りている」

「そういうこと」

「なんだ」

「他に女がいるんでしょ」

「馬鹿らしい」

サン・ジュストは服を着始めた。待ちなさい、待ちなさいよ、アントワーヌ・レオン。はらりと敷布が落ちると、追いかけてくる女の裸は、いたるところ揺れ動いて、やはり無駄ばかりとしか感じられなかった。

「だから、いったろう。俺は忙しいんだ。おまえの相手をしている暇はない」

「相手って、やっぱりそういうことじゃ……」

食い下がろうとする女の顎《あご》をつかむことで、サン・ジュストは無理にも黙らせてやった。それしか考えられないのか、この淫売が。ええ、どうなんだ。男とやることしか考えられないのか。他の女とやられたら悔しいなんて、そればっかりなのか。

怒鳴りながら押し返すと、テレーズは寝台のうえで弾んだ。わざと転んだわけではないので、どこかに頭をぶつけて、今度は本当に痛かったらしい。丸くなって、呻《うめ》き続ける女を見下ろしながら、サン・ジュストは突きつけた。ああ、そうだ。他に女がいる。パリの女だ。ブレランクールみたいな田舎の御上《おかみ》は、もう用なしというわけさ。

「悔しい……。誰なの。誰よ、女の名前をいいなさい」

「アンリエット・ルバだ」

「いくつよ」

「十八、とかいったかな」

「そんなに若い娘と……。悔しい……」

「若いのは、仕方あるまい。同僚議員フィリップ・フランソワ・ジョゼフ・ルバの妹だ」

と、サン・ジュストは続けた。この八月にルバはエリザベート・デュプレイと結婚するんだ。エリザベートの姉のエレオノール・デュプレイは、ロベスピエールさんと結婚するんじゃないかといわれている。だから、俺はルバの妹と結婚する。

「俺たちは家族になるんだ」

サン・ジュストは部屋を出た。扉の向こうで、女は喚《わめ》いたようだった。帰らないわよ。わたし、ブレランクールなんかには絶対に帰らないわ。つきまとってやる。いいこと、アントワーヌ・レオン、あなたが死ぬまで、わたし、つきまとってやるわよ。

――だから、女は御免なんだ。

上着の陰で小さく股間《こかん》を掻《か》きながら、サン・ジュストは思う。いったん下宿に帰って、風呂《ふろ》に入ることにしよう。それからジャコバン・クラブに行こう。ああ、神聖な議論の場に入るには、女の臭《にお》いを落としてからじゃないと。

――それでも女は寄ってくる。

パリの女も寄ってくる。アンリエット・ルバの話は方便としても、それは本当の話なのだ。

実際のところ、サン・トノレ通りを抜けていく一、二分の間にも、都心に買い物という有閑夫人の二人組、いかにもパリ娘という華やかな三人組と、あちらでもこちらでも女たちは口許《くちもと》を隠しながら、クスクスとやってみせるのだ。チラチラと目を寄こして、あんな美男子みたことあるかとか、あなた、知らないの、あれが噂《うわさ》のサン・ジュスト議員よとか、それくらいの会話を楽しんでいるに違いないのだ。

――そんなに興味津々《きょうみしんしん》なら……。

そこの路地裏にでも押し倒してやろうか。ああ、どうせ風呂に入るのだから、汚れは二人でも三人でも同じだ。そう心に唾棄するほどに、テレーズの醜態が思い出される。それも、むっと煙るような体臭と、ぬるぬるした汗の感触まで蘇《よみがえ》る生々しさで、だ。やはりサン・ジュストは気が滅入《めい》るばかりだった。

「あの、すいません」

自分から声をかけてくる女までいる。どうなっているんだ、俺は。いや、どうなっているんだ、パリは。怒鳴りつけてやるかとも考えたが、サン・ジュストはやめた。言葉に消しきれない訛《なま》りがあったからだった。

――パリの女じゃないな。

そう思いながら、サン・ジュストは振り返った。なんだ、綺麗な女じゃないか。いや、女より美しい俺には、生半可な美貌《びぼう》など無意味だ。いや、この俺をして、そんな虚勢を口走らせたからには、すでにして相当な美女なのだと、ここは素直に認めるべきか。

いずれにせよ、サン・ジュストは苛々《いらいら》しなかった。不思議なほど不愉快でなく、知らず微笑まで浮かんでくる。励まされたか、美貌の女は聞いてきた。

「コルドリエ街三十番地というのは」

「左岸だ」

と、サン・ジュストは答えた。どこかの橋で、セーヌ河を向こうに渡れ。いや、それより、ヴィクトワール広場で辻馬車《つじばしゃ》に乗るほうが早い。これから暗くなるからな。壁に張りつけられた番地標なんて、ろくろく読めなくなるからな。御者《ぎょしゃ》に聞いて、新橋《ポン・ヌフ》を通る馬車に乗れば、コルドリエ街三十番地で降ろしてくれる。

「ほら、この通りをまっすぐ進んで、ああ、ちょうど花売りが立っている、ああ、あの角を路地に入れば、そこがヴィクトワール広場だ」

ひとつ礼を述べると、そのまま女は遠ざかった。あんなに親切に教えるなんて、我ながら返す返すも驚きだな。もしや猛暑のパリに雪でも吹き荒れるかな。そう自分を冷かしながら、ひとつサン・ジュストにも、ひっかかるところがあった。

――コルドリエ街三十番地。

どこかで聞いた住所だ。どこだろうと、しばらくは思い出そうとしたのだが、途中で、コルドリエ街か、ダントンの街区《セクシオン》じゃないか、最近はエベールの根城かと思いなおした。はん、縁起でもないやと放念すれば、もうサン・ジュストの頭は風呂に入ることだけだった。

主要参考文献

・J・ミシュレ『フランス革命史（上下）』桑原武夫／多田道太郎／樋口謹一訳　中公文庫　2006年
・R・ダーントン『革命前夜の地下出版』関根素子／二宮宏之訳　岩波書店　2000年
・R・シャルチエ『フランス革命の文化的起源』松浦義弘訳　岩波書店　1999年
・G・ルフェーヴル『1789年―フランス革命序論』高橋幸八郎／柴田三千雄／遅塚忠躬訳　岩波文庫　1998年
・G・ルフェーブル『フランス革命と農民』柴田三千雄訳　未来社　1956年
・S・シャーマ『フランス革命の主役たち』（上中下）栩木泰訳　中央公論社　1994年
・F・ブリュシュ／S・リアル／J・テュラール『フランス革命史』國府田武訳　白水社文庫クセジュ　1992年
・B・ディディエ『フランス革命の文学』小西嘉幸訳　白水社文庫クセジュ　1991年
・R・セディヨ『フランス革命の代償』山崎耕一訳　草思社　1991年
・E・バーク『フランス革命の省察』半澤孝麿訳　みすず書房　1989年
・J・スタロバンスキー『フランス革命と芸術』井上堯裕訳　法政大学出版局　1989年
・G・セレブリャコワ『フランス革命期の女たち』（上下）西本昭治訳　岩波新書　19

73年
・スタール夫人『フランス革命文明論』（第1巻〜第3巻）井伊玄太郎訳　雄松堂出版　1993年
・A・ソブール『フランス革命と民衆』井上幸治監訳　新評論　1983年
・A・ソブール『フランス革命』（上下）小場瀬卓三／渡辺淳訳　岩波新書　1953年
・G・リューデ『フランス革命と群衆』前川貞次郎／野口名隆／服部春彦訳　ミネルヴァ書房　1963年
・A・マチエ『フランス大革命』（上中下）ねづまさし／市原豊太訳　岩波文庫　1958〜1959年
・J・M・トムソン『ロベスピエールとフランス革命』樋口謹一訳　岩波新書　1955年
・遅塚忠躬『フランス革命を生きた「テロリスト」』NHK出版　2011年
・遅塚忠躬『ロベスピエールとドリヴィエ』東京大学出版会　1986年
・新人物往来社編『王妃マリー・アントワネット』新人物往来社　2010年
・安達正勝『フランス革命の志士たち』筑摩選書　2012年
・安達正勝『物語　フランス革命』中公新書　2008年
・野々垣友枝『1789年　フランス革命論』大学教育出版　2001年
・河野健二『フランス革命の思想と行動』岩波書店　1995年
・河野健二／樋口謹一『世界の歴史15　フランス革命』河出文庫　1989年
・河野健二『フランス革命二〇〇年』朝日選書　1987年

- 河野健二　『フランス革命小史』　岩波新書　１９５９年
- 柴田三千雄　『フランス革命』　岩波書店　１９８９年
- 柴田三千雄　『パリのフランス革命』　東京大学出版会　１９８８年
- 芝生瑞和　『図説　フランス革命』　河出書房新社　１９８９年
- 多木浩二　『絵で見るフランス革命』　岩波新書　１９８９年
- 川島ルミ子　『フランス革命秘話』　大修館書店　１９８９年
- 田村秀夫　『フランス革命』　中央大学出版部　１９７６年
- 前川貞次郎　『フランス革命史研究』　創文社　１９５６年

◇

- Artarit, J., *Robespierre*, Paris, 2009.
- Attar, F., *Aux armes, citoyens!: Naissance et fonctions du bellicisme révolutionnaire*, Paris, 2010.
- Bessand-Massenet, P., *Femmes sous la Révolution*, Paris, 2005.
- Bessand-Massenet, P., *Robespierre: L'homme et l'idée*, Paris, 2001.
- Biard, M., *Parlez-vous sans-culotte?: Dictionnaire du "Père Duchesne", 1790–1794*, Paris, 2009.
- Bois, J.P., *Dumouriez: Héros et proscrit: Un itinèraire militaire, politique et moral entre l'Ancien régime et la Restauration*, Paris, 2005.
- Bonn, G., *La Révolution française et Camille Desmoulins*, Paris, 2010.

- Carrot, G., *La garde nationale, 1789–1871*, Paris, 2001.
- Chevalier, K., *L'assassinat de Marat: 13 juillet 1793*, Paris, 2008.
- Chuquet, A., *Dumouriez*, Clermont-Ferrand, 2009.
- Claretie, J., *Camille Desmoulins, Lucile Desmoulins*, Paris, 1875.
- Cubells, M., *La Révolution française: La guerre et la frontière*, Paris, 2000.
- Dingli, L., *Robespierre*, Paris, 2004.
- Dupuy, R., La *garde nationale, 1789–1872*, Paris, 2010.
- Dupuy, R., *La République jacobine: Terreur, guerre et gouvernement révolutionnaire, 1792–1794*, Paris, 2005.
- Furet, F., Ozouf, M. et Baczko, B., *La Gironde et les Girondins*, Paris, 1991.
- Gallo, M., *L'homme Robespierre: Histoire d'une solitude*, Paris, 1994.
- Gallo, M., *Révolution française: Aux armes, citoyens! 1793–1799*, Paris, 2009.
- Hardman, J., *The French revolution sourcebook*, London, 1999.
- Haydon, C., and Doyle, W., *Robespierre*, Cambridge, 1999.
- Martin, J.C., *La Vendée et la Révolution: Accepter la mémoire pour ècrire l'histoire*, Paris, 2007.
- Mason, L., *Singing the French revolution: Popular culture and politics 1787–1799*, London, 1996.
- Mathan, A.de, *Girondins jusqu'au tombeau: Une révolte bordelaise dans la Révolution*, Bordeaux, 2004.

- Mathiez, A., *Le club des Cordeliers pendant la crise de Varennes, et le massacre du Champ de Mars*, Paris, 1910.
- McPhee, P., *Living the French revolution 1789–99*, New York, 2006.
- Monnier, R., *À paris sous la Révolution*, Paris, 2008.
- Popkin, J.D., *La presse de la Révolution: Journaux et journalistes,1789–1799*, Paris, 2011.
- Robespierre, M.de, *Œuvres de Maximilien Robespierre, T.1–T.10*, Paris, 2000.
- Robinet, J.F., *Danton homme d'État*, Paris, 1889.
- Saint-Just, *Œuvres complètes*, Paris, 2003.
- Schmidt, J., *Robespierre*, Paris, 2011.
- Scurr, R., *Fatal purity: Robespierre and the French revolution*, New York, 2006.
- Soboul, A., *La Ire République (1792–1804)*, Paris, 1968.
- Vovelle, M., *Combats pour la révolution française*, Paris, 2001.
- Vovelle, M., *Les Jacobins, De Robespierre à Chevènement*, Paris, 1999.
- Walter, G., *Marat*, Paris, 1933.

解説

末國善己

『小説フランス革命』の文庫版第一巻『革命のライオン』は、二〇一一年の九月に刊行された。この年は、前年から進んでいたチュニジアの大衆運動で、ベン＝アリー政権が倒れたジャスミン革命を皮切りに、エジプトでは反政府デモが切っ掛けとなってムバラク政権に終止符が打たれ、リビアでは反政府デモが内戦に発展、ＮＡＴＯの軍事介入もあってカダフィ政権が倒れた。チュニジアから始まる民主化運動の波は、長期独裁政権を次々と崩壊に追い込み、アラブの春と呼ばれたのは記憶に新しい。

革命によって旧体制を倒したアラブ諸国は、その後、どうなったのだろうか。

チュニジアでは、イスラム政党が与党になるも、野党の世俗派（イスラム穏健派）との対立が続き、二〇一三年には、世俗派の議員ショクリ・ベライドとムハンマド・ブラヒミが暗殺されている。エジプトでは、軍事政権の暫定統治下で実施された二〇一二年の民主的な選挙でムハンマド・モルシ大統領が誕生するものの、内政外交の失敗を批判する反政府デモを弾圧、二〇一三年には軍のクーデターによって政権を追われるなど、アラブ諸国の政治的な混乱は、いまだに収束したとはいえない。

共通の敵を倒すため幾つものグループが大同団結したものの、革命が成功して敵が排除されると、組織の理念の違い、あるいは新政権の主導権争いから内部抗争、政敵の粛清が激化するのは、何もアラブの春に限ったことではない。

ロシア革命を指導したレーニンは、秘密警察チェーカー（後のＫＧＢ）を動員して反対派を弾圧、国民に密告を奨励して反革命派とみなした人物を処刑したり、強制収容所に送ったりしている。ここまで極端ではないが、日本の明治初期にも、倒幕運動をリードした薩摩《さつま》、長州、肥後の武士が、維新後の待遇に不満を持ち、新政府に抗《あらが》うため神風《しんぷう》連《れん》の乱、萩《はぎ》の乱、西南戦争を起こしているが、これも一種の派閥抗争といえるだろう。

つまり、革命によって旧体制が倒れ、革命の参加者が新たな政権を樹立するプロセスにおいて、壮絶な派閥抗争が起きるのは、歴史が証明しているともいえるのだ。

本書『ジャコバン派の独裁　小説フランス革命14』は、一七八九年のバスティーユ監獄の襲撃、一七九二年のテュイルリ宮殿への攻撃による王権の停止に続くフランス革命のターニングポイント――ジャコバン派が独裁体制を築いていく時期を描いている。『小説フランス革命』の文庫化は、アラブの春に世界中が熱狂した年にスタートしたが、政争によってアラブの春が停滞した時期に、国民公会で主流を占めるジロンド派と、パリ市民の声を追い風に独裁政権の樹立を目論むジャコバン派の対立を描く本書が刊行されるのは、偶然だが因縁を感じてしまう。

　ジャコバン派が独裁政権を樹立する直前のフランスは、外交では、革命が自国に飛び火することを恐れる周辺諸国に軍事的に包囲され、内政では、財政再建ははかられず、物価の高騰にも歯止めがかからない状況に市民の不満がたまっていた。そのためリヨンなどの地方都市では、王党派やブルジョアの巻き返しも起こっていたのに、ジロンド派は何の対策も打ち出せないでいた。ジロンド派が主流の国民公会がもたらした政治の停滞に不満を持つパリ市民は、ジャコバン派による煽動《せんどう》や金銭のばらまきもあって、議会を包囲し、暴力によるジロンド派の追放をはかるのである。

　本書で描かれているのも民衆の蜂起なのだが、バスティーユやテュイルリ宮の襲撃が、あくまで貴族政治という旧体制を打倒する戦いだったのに対し、ジロンド派の追放は、市民が選挙で選んだ議員を、市民自らが暴力を使って排斥する運動なので、その性質は一八〇度異なっている。そして、ジャコバン派がリードした民主政治への挑戦は、議会制民主主義とは何かを問う、現代的な問題もあぶり出していくのだ。

　作中には、「代議制はどうなんです。みてのとおりで、政治は腐るばかりじゃないですか。議員なんか何回入れ替えたって、必ず腐敗していくんだ。綺麗《きれい》だった連中まで、当選するや薄汚れて、自分のことしか考えなくなっていく。だったら、そんな議員なんか暴力で否定してしまって、なに悪いことがあるんですか」という台詞が出てくる。

二〇〇九年の衆議院議員選挙では、公務員、公共事業、年金、医療、農業といった強い既得権を持つ団体との関係が深い自民党では、日本の抜本的な改革はできないという機運が高まり、自民党の批判票を集めた民主党が政権を取った。しかし、民主党も様々な既得権益を打ち破ることができず、また公約に掲げた政策が、対米関係や財政難などの制約によって実行できなかった失政に、東日本大震災と福島第一原子力発電所の事故が追い討ちをかけ、二〇一二年の総選挙では自民党に大敗している。

本書に出てくる名も無き市民が抱く〝選挙を何度行っても、国は変わらない〟という諦念と怒りは、〝政権交代すれば社会はよくなる〟という夢を打ち砕かれ、与党も野党も問わず政治家への期待を失った現代の日本人にも、リアルに感じられるはずだ。

現代の日本は、ジャコバン派の台頭前夜と同じく、外交面では北朝鮮や中国の脅威が叫ばれ、内政面では膨らむばかりの国の借金は増税という形で国民に回され、景気が上向いているとの政府見解とは裏腹に、富裕層と貧困層、あるいは中央と地方の格差が広がり、政治は格差の解消に何の手も打てていない。しかも長引く閉塞感は、ドラスティックに社会を変革する強いリーダーを求める声を高めているのである。

議会制民主主義は、意見の集約に時間がかかるため、早急かつ劇的に社会を変革することはできない。また、選挙にも、議員が政治活動を行うにも莫大《ばくだい》な費用がかかるし、肝心の議員が給与に見合った働きをしてくれるかも分からなければ、議員が私腹を肥やすため社会の害悪になる可能性さえある。おそらく上意下達ですべての機構が動く独裁政権の方が、金銭的にも、時間的にもコストはかからないが、その先に、ジャコバン派が行ったような恐怖政治が待ち受けていることを考えれば、強いリーダーに白紙委任状を渡すことが、どれだけ危険かは自《おの》ずと理解できるのではないか。

ロベスピエールは、内憂外患にさらされた祖国が崩壊するくらいなら、ジロンド派を国民公会から追放し、ジャコバン派の独裁体制を敷くべきだと考え、陰謀をめぐらす。それを知った同志のダントンは、フランスという国家が消滅したとしても、「この土地には共和国があったんだって、民主主義を実現したんだって、議会政治があったんだって、そのことは語り継がれる」、つまり国家の存亡よりも、民主主義の遺伝子を後世に残すことこそが重要だとして、ロベスピエールを説得しようとする。また、元内務大臣の妻ロラン夫人は、夫の逮捕状を持って現れた革命中央委員会の男たちに向かって、国民公会の議決によって成立していない革命中央委員会の逮捕状に何の権限もないといって、男たちの命令を突っぱねる。ロベスピエールとダントンの議論、ロラン夫人の毅然たる態度から見えてくるのは、命を懸けて守るべき価値があるのは、民主主義か、独裁政治かという問い掛けなのである。

政治的に潔癖なロベスピエールは、ジャコバン派の独裁を確立するための大衆運動が、「精神的な蜂起」「道徳的な暴動」であることを望んでいた。ところが、政敵を猥雑《わいざつ》、扇情的な言葉で批判する新聞「デュシェーヌ親爺《おやじ》」を発行しているエベールの煽動もあって、ロベスピエールの理想は簡単に潰《つい》え、市民は暴徒と化すのである。

フランス革命は、新聞という新しいメディアが支えたが、一九九四年のルワンダでは、ヘイトスピーチを流すラジオ局が、フツ族の過激派を煽《あお》り、それがツチ族の虐殺に繋《つな》がったことを考えれば、メディアが国民を煽動し暴徒化する構造は、現代でも変わっていないといえる。当時のルワンダでは、ラジオが政治のツールになったが、現在では、誰でも、一瞬にして、多くの人に情報を発信できるSNSなどのコンピュータ・ネットワークが、最も政治に影響を与えるメディアになっている。

アラブの春が、国家といえども検閲が難しいSNSを使うことで、独裁政権下で革命を成功させたのは有名である。だがネットは、差別や憎悪も即座に広めてしまうので、一歩間違うと、ルワンダの虐殺以上の悲劇が起こることは否定できない。イスラム過激派のイスラム国が、ネットで盛んにイスラムの正当性と、西欧キリスト教社会への批判を繰り返し、このプロパガンダによって、西欧諸国で生まれ育ったイスラム教徒の若者までが、国を捨てイスラム国に参加していることを思えば、この悲劇はリアルタイムで進行しているのである。

メディアが民衆を動かし、政治の方針を変えたフランス革命を知ることは、メディアが流す様々にバイアスがかかった情報をどのように読み、どのような判断を下すべきなのか、即ちメディアリテラシーの重要性を考える切っ掛けにもなるのだ。

日本のネットにも差別や憎悪を助長する文章があふれて久しく、恐ろしいことに、それが支持を増やし、政治的な影響力も持ち始めている。こんな時代だからこそ、フランス革命という歴史の大事件から現代人は何を学ぶべきかを視野に入れながら、壮大な物語を紡いでいる著者のメッセージを、真摯に受け止める必要がある。

さて次の第一五巻『粛清の嵐』からは、国民公会からジロンド派を追放し、権力を掌握したロベスピエールが、サン・ジュストなどを補佐官にして、反対派を次々と弾圧していく恐怖政治の実態が生々しく描かれていく。グランドフィナーレに向けて加速していく物語を、楽しみにして欲しい。

（すえくに・よしみ　文芸評論家）

小説フランス革命 1〜18巻 関連年表

（　の部分が本巻に該当）

1

1774年5月10日	ルイ16世即位
1775年4月19日	アメリカ独立戦争開始
1777年6月29日	ネッケルが財務長官に就任
1778年2月6日	フランスとアメリカが同盟締結
1781年2月19日	ネッケルが財務長官を解任される
1787年8月14日	国王政府がパリ高等法院をトロワに追放
	——王家と貴族が税制をめぐり対立——
1788年7月21日	ドーフィネ州三部会開催
8月8日	国王政府が全国三部会の召集を布告
8月16日	「国家の破産」が宣言される
8月26日	ネッケルが財務長官に復職
	——この年フランス全土で大凶作——
1789年1月	シェイエスが『第三身分とは何か』を出版

1789年
3月23日 マルセイユで暴動
3月25日 エクス・アン・プロヴァンスで暴動
4月27〜28日 パリで工場経営者宅が民衆に襲われる（レヴェイヨン事件）
5月5日 ヴェルサイユで全国三部会が開幕
同日 ミラボーが『全国三部会新聞』発刊
6月4日 王太子ルイ・フランソワ死去
6月17日 第三身分代表議員が国民議会の設立を宣言
6月19日 ミラボーの父死去
6月20日 球戯場の誓い。国民議会は憲法が制定されるまで解散しないと宣誓
6月23日 王が議会に親臨、国民議会に解散を命じる
6月27日 王が譲歩、第一・第二身分代表議員に国民議会への合流を勧告
7月7日 国民議会が憲法制定国民議会へと名称を変更
——王が議会へ軍隊を差し向ける——
7月11日 ネッケルが財務長官を罷免される
7月12日 デムーランの演説を契機にパリの民衆が蜂起

2

3

1789年7月14日　パリ市民によりバスティーユ要塞陥落

——地方都市に反乱が広まる——

7月15日　バイイがパリ市長に、ラ・ファイエットが国民衛兵隊司令官に就任

7月16日　ネッケルがみたび財務長官に就任

7月17日　ルイ16世がパリを訪問、革命と和解

7月28日　ブリソが『フランスの愛国者』紙を発刊

8月4日　議会で封建制の廃止が決議される

8月26日　議会で「人間と市民の権利に関する宣言」（人権宣言）が採択される

9月16日　マラが『人民の友』紙を発刊

10月5～6日　パリの女たちによるヴェルサイユ行進。国王一家もパリに移動

4

1789年10月9日　ギヨタンが議会で断頭台の採用を提案

10月10日　タレイランが議会で教会財産の国有化を訴える

10月19日　憲法制定国民議会がパリに移動

10月29日　新しい選挙法・マルク銀貨法案が議会で可決

11月2日　教会財産の国有化が可決される

	11月頭	ブルトン・クラブが憲法友の会と改称し、集会場をパリのジャコバン僧院に置く（ジャコバン・クラブの発足）
	11月28日	デムーランが『フランスとブラバンの革命』紙を発刊
	12月19日	アッシニャ（当初国債、のちに紙幣としても流通）発売開始
1790年	1月15日	全国で83の県の設置が決まる
	3月31日	ロベスピエールがジャコバン・クラブの代表に
	4月27日	コルドリエ僧院に人権友の会が設立される（コルドリエ・クラブの発足）
1790年	5月12日	パレ・ロワイヤルで1789年クラブが発足
	5月22日	宣戦講和の権限が国王と議会で分有されることが決議される
	6月19日	世襲貴族の廃止が議会で決まる
	7月12日	聖職者の俸給制などを盛り込んだ聖職者民事基本法が成立
	7月14日	パリで第一回全国連盟祭
	8月5日	駐屯地ナンシーで兵士の暴動（ナンシー事件）
	9月4日	ネッケル辞職

5

1790年9月初旬 エベールが『デュシェーヌ親爺』紙を発行

1790年11月30日 ミラボーがジャコバン・クラブの代表に

12月27日 司祭グレゴワール師が聖職者民事基本法に最初に宣誓

12月29日 デムーランとリュシルが結婚

1791年1月 宣誓聖職者と宣誓拒否聖職者が議会で対立、シスマ（教会大分裂）の引き金に

1月29日 ミラボーが第44代憲法制定国民議会議長に

2月19日 内親王二人がローマへ出立。これを契機に亡命禁止法の議論が活性化

4月2日 ミラボー死去。後日、国葬でパンテオンに偉人として埋葬される

6

1791年6月20～21日 国王一家がパリを脱出、ヴァレンヌで捕らえられる（ヴァレンヌ事件）

7

1791年6月21日	一部議員が国王逃亡を誘拐にすりかえて発表、廃位を阻止
7月14日	パリで第二回全国連盟祭
7月16日	ジャコバン・クラブ分裂、フイヤン・クラブ発足
7月17日	シャン・ドゥ・マルスの虐殺
1791年8月27日	ピルニッツ宣言。オーストリアとプロイセンがフランスの革命に軍事介入する可能性を示す
9月3日	91年憲法が議会で採択
9月14日	ルイ16世が憲法に宣誓、憲法制定が確定
9月30日	ロベスピエールら現職全員が議員資格を失う
10月1日	新しい議員たちによる立法議会が開幕
	――秋から天候が崩れ大凶作に――
11月9日	亡命貴族の断罪と財産没収が法案化
11月16日	ペティオンがラ・ファイエットを選挙で破りパリ市長に
11月25日	宣誓拒否僧監視委員会が発足

9　8

1791年11月28日	ロベスピエールが再びジャコバン・クラブの代表に
12月3日	亡命中の王弟プロヴァンス伯とアルトワ伯が帰国拒否声明
	——王、議会ともに主戦論に傾く——
12月18日	ロベスピエールがジャコバン・クラブで反戦演説
1792年1月24日	立法議会が全国5万人規模の徴兵を決定
3月3日	エタンプで物価高騰の抑制を求めて庶民が市長を殺害（エタンプ事件）
3月23日	ロランが内務大臣に任命され、ジロンド派内閣成立
3月25日	フランスがオーストリアに最後通牒を出す
4月20日	オーストリアに宣戦布告
	——フランス軍、緒戦に敗退——
6月13日	ジロンド派の閣僚が解任される
6月20日	パリの民衆がテュイルリ宮へ押しかけ国王に抗議、しかし蜂起は不発に終わる

10

1792年7月6日　デムーランに長男誕生

7月11日　議会が「祖国は危機にあり」と宣言

7月25日　ブラウンシュヴァイク宣言。オーストリア・プロイセン両国がフランス王家の解放を求める

8月10日　パリの民衆が蜂起しテュイルリ宮で戦闘。王権停止（8月10日の蜂起）

8月11日　臨時執行評議会成立。ダントンが法務大臣、デムーランが国璽尚書に

8月13日　国王一家がタンプル塔へ幽閉される

1792年9月2〜6日　パリ各地の監獄で反革命容疑者を民衆が虐殺（九月虐殺）

9月20日　ヴァルミィの戦いでデュムーリエ将軍率いるフランス軍がプロイセン軍に勝利

9月21日　国民公会開幕、ペティオンが初代議長に。王政廃止を決議

9月22日　共和政の樹立（フランス共和国第1年1月1日）

11月6日　ジェマップの戦いでフランス軍がオーストリア軍に勝利、約ひと月でベルギー全域を制圧

11

12

1792年11月13日	国民公会で国王裁判を求めるサン・ジュストの名演説
11月27日	フランスがサヴォワを併合
12月11日	ルイ16世の裁判が始まる
1793年1月20日	ルイ16世の死刑が確定
1月21日	ルイ16世がギロチンで処刑される
1793年1月31日	フランスがニースを併合
	——急激な物価高騰——
2月1日	国民公会がイギリスとオランダに宣戦布告
2月14日	フランスがモナコを併合
2月24日	国民公会がフランス全土からの30万徴兵を決議
2月25日	パリで食糧暴動
3月10日	革命裁判所の設立。同日、ヴァンデの反乱。これをきっかけに、
	フランス西部が内乱状態に
4月6日	公安委員会の発足
4月9日	派遣委員制度の発足

13

1793年5月21日	十二人委員会の発足
5月31日〜6月2日	アンリオ率いる国民衛兵と民衆が国民公会を包囲、ジロンド派の追放と、ジャコバン派の独裁が始まる
6月3日	亡命貴族の土地売却に関する法律が国民公会で決議される
6月24日	共和国憲法（93年憲法）の成立

14

1793年7月13日	マラが暗殺される
7月27日	ロベスピエールが公安委員会に加入
8月23日	国民総動員令による国民皆兵制が始まる
8月27日	トゥーロンの王党派が蜂起、イギリスに港を開く
9月5日	パリの民衆がふたたび蜂起、国民公会で恐怖政治（テルール）の設置が決議される
9月17日	嫌疑者法の成立
9月29日	一般最高価格法の成立

15

1793年10月5日 革命暦（共和暦）が採用される（フランス共和国第2年1月19日）
10月16日 マリー・アントワネットが処刑される
10月31日 ブリソらジロンド派が処刑される
11月8日 ロラン夫人が処刑される
11月10日 パリで理性の祭典。脱キリスト教運動が急速に進む
12月19日 ナポレオンらの活躍によりトゥーロン奪還、
この頃ヴァンデの反乱軍も次々に鎮圧される

1794年 ――食糧不足がいっそう深刻に――
3月3日 反革命者の財産を没収し貧者救済にあてる風月法が成立
3月5日 エベールを中心としたコルドリエ派が蜂起、失敗に終わる
3月24日 エベール派が処刑される

1794年4月1日 執行評議会と大臣職の廃止、警察局の創設
――公安委員会への権力集中が始まる――

17 16

4月5日　ダントン、デムーランらダントン派が処刑される
4月13日　リュシルが処刑される
5月10日　ルイ16世の妹エリザベート王女が処刑される
5月23日　ロベスピエールの暗殺未遂（赤服事件）
6月4日　共通フランス語の統一、フランス各地の方言の廃止
6月8日　シャン・ドゥ・マルスで最高存在の祭典。ロベスピエールの絶頂期
6月10日　訴訟手続きの簡略化を図る草月法が成立。恐怖政治の加速
6月26日　フルーリュスの戦いでフランス軍がオーストリア軍を破る
1794年7月26日　ロベスピエールが国民公会で政治の浄化を訴えるが、議員ら猛反発
7月27日　国民公会がロベスピエールに逮捕の決議、パリ自治委員会が蜂起（テルミドール九日の反動）
7月28日　ロベスピエール、サン・ジュストら処刑される

18

初出誌　「小説すばる」二〇一一年五月号〜二〇一一年八月号

二〇一二年十二月に刊行された単行本『ジャコバン派の独裁　小説フランス革命Ⅸ』と、
二〇一三年三月に刊行された単行本『粛清の嵐　小説フランス革命Ⅹ』（共に集英社刊）
の二冊を文庫化にあたり再編集し、三分冊しました。
本書はその二冊目にあたります。

集英社文庫

ジャコバン派《は》の独裁《どくさい》 小説《しょうせつ》フランス革命《かくめい》14

2015年1月25日 第1刷 定価はカバーに表示してあります。

著 者 佐藤賢一《さとうけんいち》

発行者 加藤 潤

発行所 株式会社 集英社
東京都千代田区一ツ橋2-5-10 〒101-8050
電話 【編集部】03-3230-6095
【読者係】03-3230-6080
【販売部】03-3230-6393(書店専用)

印 刷 凸版印刷株式会社

製 本 凸版印刷株式会社

フォーマットデザイン アリヤマデザインストア マークデザイン 居山浩二

ISBN978-4-08-745272-3 C0193